SEX

*gesucht - und
Liebe gefunden*

Juergen von Rehberg

SEX

*gesucht - und
Liebe gefunden*

o d e r

**Führe deinen kleinen
Bären in meine Höhle**

*Bibliografische Information der Deutschen National-
bibliothek:
Die Deutsche Nationalbibliothek verzeichnet diese
Publikation in der Deutschen Nationalbibliografie;
detaillierte bibliografische Daten sind im Internet
über http://dnb.dnb.de abrufbar.*

© 2016 Juergen von Rehberg

*Herstellung und Verlag: BoD – Books on Demand,
Norderstedt*

ISBN: 978-3-7412-3977-9

"Ich wünsche einen wunderschönen guten Abend!"

Die Dame, welcher Georg gerade die Tür geöffnet hatte, entbot ihren Gruß mit sonorer Stimme und mit einem entwaffnenden Lächeln.

Georg lächelte zurück, jedoch mit einer gewissen Befangenheit und dankte für den Gruß.

"Vielen Dank, und auch Ihnen einen wunderschönen, guten Abend!"

"Sind Sie Herr Behr? Herr Georg Behr?" fragte die sonore Stimme.

"Der bin ich! In echt und in voller Größe!"

Georg, total verunsichert und gefangen in seiner Unbeholfenheit, starrte die Besucherin einfach nur an.

"Wollen Sie mich nicht herein bitten?" fragte die Besucherin, und Georg stotterte:

"Doch, doch; natürlich! Bitte, entschuldigen Sie, und bitte kommen Sie doch herein!"

"Das ist nett; vielen Dank!" sagte die Besucherin, und betrat die Wohnung von Georg.

Sie legte ihren Mantel ab, was Georg erneut in Verlegenheit brachte. Die Dame trug unter ihrem Mantel lediglich Dessous in einem leuchtenden Rot, und darüber ein durchsichtiges Etwas, was für Georg undefinierbar war.

SEX - einfach nur zum Vergnügen
- keine Verpflichtungen
- keine Bezahlung
- volle Diskretion

	Email-Adresse

- [ ] Alter 30 - 40
- [ ] Alter 40 - 50
- [ ] Alter 50 - 60
- [ ] Alter 60 - 70
- [ ] Alter darüber

- [ ] Werktag
- [ ] Wochenende
- [ ] Vormittag
- [ ] Nachmittag
- [ ] Abend

- [ ] Normalsex
- [ ] Französich
- [ ] Spanisch
- [ ] Griechisch
- [ ] Russisch
- [ ] Italienisch
- [ ] Englisch
- [ ] Indisch
- [ ] Schwedisch
- [ ] SM

- [ ] Privatwohnung
- [ ] Hotel
- [ ] Auto
- [ ] Natur

- [ ] mit Essen
- [ ] ohne Essen
- [ ] mit Getränken
- [ ] ohne Getränke

- [ ] Ich verpflichte mich meinem verabredeten Partner mit Respekt und größter Höflichkeit zu begegenen. Das Treffen erfolgt auf eigenes Risiko. Die intimen Handlungen werden nur in gegenseitigem Einverständnis vollzogen und können jederzeit beendet werden.

Mit diesem verhängnisvollen "Formular" fing alles an.

"Du bist also Georg, mit dem ich Spaß haben werde. Ich freue mich schon sehr darauf!" Diese klare Ansage erzeugte eine knisternde Atmosphäre.

"Und du bist Sybille, die meine Einladung angenommen hat. Das wiederum freut mich sehr!" sagte Georg, dessen Selbstbewusstsein gerade im Begriff war sich neu zu formieren.

"Dann lass uns keine Zeit verlieren, mein Bärchen! Und nenne mich bitte Billy!"

Billy hatte Georgs Familienname "Behr" einfach in "Bär" umgemünzt und so den Kosenamen "Bärchen" geprägt.

Georg fand sofort Gefallen daran, wie er überhaupt an der ganzen Person Gefallen fand. Eine Frau nach seinem Geschmack.

Billy war um die 50plus, mit einem Körper, der den Genussmenschen klar erkennen ließ und mit einem Selbstbewusstsein, gelebt - nicht gespielt.

Georg war auf sie gestoßen, als er sich bei einem etwas anderen "Dating-Portal" anmeldete, um einer körperlichen Entzugserscheinung Nahrung zu verschaffen.

Er hatte zwei Ehen hinter sich, und er war nicht gewillt eine dritte einzugehen. Die erste Frau hatte ihn verlassen, um mit einem anderen Mann durchzubrennen. Und die zweite hatte ihn nur geheiratet, um die Staatsbürgerschaft zu erlangen.

Georg hatte kein gutes Händchen für Frauen. Das lag vielleicht auch ein wenig daran, dass er in einer Frau zuerst das anbetungswürdige Wesen sah, und erst dann - wenn überhaupt - das Objekt sexueller Begierde.

Das brachte ihn zeitlebens in ein gewaltiges Dilemma, denn die Schöpfung hatte ihm einen Sexualtrieb verpasst, der locker für zwei oder mehr Männer gereicht hätte.

In ein Bordell gehen war nie eine Alternative für ihn. Also besann er sich auf Techniken, die er als junger Mann gelernt hatte, was ihm auf Dauer nicht die Befriedigung verschaffte, die er sich wünschte.

Es fehlten ihm ganz einfach das Spüren und der Duft eines weiblichen Körpers und auch die Ansprache. Umso mehr freute er sich, als ihn ein Freund auf die Möglichkeit des "unverbindlichen Sex" gemacht hatte.

Georg meldete sich bei der Dating-Homepage an, füllte den Fragebogen nach bestem Wissen und Gewissen aus und hoffte auf einen Kontakt.

Und dieser Kontakt stand gerade vor ihm, in verführerischer Pose, und forderte ihn auf mit ihm zu schlafen.

"Wollen wir nicht erst etwas trinken?" fragte Georg, um Zeit zu gewinnen. Er machte so etwas schließlich zum ersten Mal und war daher etwas befangen.

"Das können wir dann hinterher noch machen, mein Bärchen. Erst die Arbeit - dann das Vergnügen!"

Billy lachte, während sie das sagte. Aber als sie in das verunsicherte Gesicht von Georg blickte, bot sie ihm an: *"Aber ein kleiner Schluck davor kann sicher nicht schaden."*

Der sichtlich erleichterte Georg fragte: *"Was darf ich dir denn anbieten?"*

"Kommt darauf an, was du hast." sagte Billy.

"Ich habe alles!" verkündete Georg stolz, *"nenne mir einfach deinen Wunsch!"*

"Hast du auch Champagner?"

Billys Wunsch brachte Georg arg in die Bredouille, denn an so etwas Edles hatte er beim Einkaufen nicht gedacht.

"Kann es auch ein Sekt sein?" fragte er kleinlaut.

"Na klar doch", antwortete Billy lachend, *"wenn er kalt ist!"*

"Ja!" antworte Georg laut, und er war sichtlich erleichtert.

Er öffnete die Flasche mit einem lauten Knall, und goss das prickelnde Nass in die Gläser.

"Dann lass uns anstoßen auf einen erquickenden Fick!"

Georg hätte beinahe sein Glas verschüttet, als er das "F-Wort" hörte. Er war sichtlich überrascht, dieses Wort aus Billys Mund zu hören.

Billy, die das wohl bemerkt hatte, sah Georg lange prüfend an und sagte dann: *"Kann es sein, dass du ein bisschen verklemmt bist, mein Bärchen?"*

Georg gab die Antwort visuell. Seine veränderte Gesichtsfarbe sagte mehr als tausend Worte.

"Oh - komm her zu mir" sagte Billy, und nahm Georg in den Arm.

"Ich wollte dich doch nicht verletzen", sagte sie in einem schon fast entschuldigenden Ton, *"ich hoffe, du nimmst mir das nicht übel!"*

"Aber nein", sagte Georg, *"du hast ja recht! Ich bin nur nicht gewohnt, die Dinge so beim Namen zu nennen, wie du das tust!"*

"Ja, wie habt ihr denn beim Sex darüber geredet?" fragte Billy, und Georg antwortete: *"Wir haben gar nicht dabei geredet!"*

"Das ist ja furchtbar!" sagte Billy, und sie meinte es genauso, wie sie es sagte. *"Das müssen wir unbedingt ändern!"* Und sie schickte vorsichtig hinterher: *"Aber nur, wenn du das auch möchtest!"*

"Sehr gern!" sagte Georg, begleitet von einem kleinen Lächeln.

"Dann lass uns noch einmal von vorne anfangen. Ich wünsche uns einen tollen Fick! Prost!"

"Auf einen tollen Fick!" erwiderte Georg, und es ging ihm total leicht über die Lippen. In diesem Augenblick hatte Georg das Tor aufgestoßen in eine ihm bis dahin unbekannte Welt der Erotik.

Billy und Georg tranken ihr Glas auf einen Zug leer. Und dann machte Billy etwas, was sie noch nie zuvor gemacht hatte. Sie gab Georg einen Kuss.

Zwei Dinge waren bei all ihren bisherigen Sexrendezvous tabu: Küssen und ungeschützter Sex. Das eine Tabu hatte sie gerade eben gebrochen, und der zweite Tabubruch sollte bald folgen.

"Zeigst du mir bitte jetzt dein Schlafzimmer?" fragte Billy, und Georg nickte. Er führte sie hinauf in den ersten Stock und öffnete die Tür in den Raum der Sünde.

"Ich hoffe, es gefällt dir", sagte Georg, *"ich habe mich bemüht eine romantische Atmosphäre zu schaffen."*

Billy musste sich sehr bemühen, nicht laut zu lachen. Auf dem Bett lagen Rosenblätter, und auf der Seite, die wohl für Georg vorgesehen war, saß ein Teddybär. Jetzt fehlten nur noch Kerzenlicht und leise Musik.

"Und, was sagst du?" fragte er erwartungsvoll seinen Gast. Billy dachte erst nach, bevor sie eine Antwort gab. Sie wollte Georg nicht verletzen; aber sie wollte sich auch nicht verstellen.

"Ich glaube, ich muss dir etwas erklären!" sagte sie mit ruhiger Stimme. *"Das Dating-Portal, bei dem du dich angemeldet hast, lässt doch wohl keinen Zweifel darüber offen, dass es bei solchen Treffen nur um Sex geht, und nicht um irgendwelche Romantik."*

"Ja, schon", wandte Georg ein, aber Billy ließ ihn nicht weiter reden.

"Bitte, unterbrich mich nicht!" sagte sie, und der Ton wurde eine Spur rauer. *"Ich möchte nicht, dass du glaubst, dass wir hier beginnen eine Liebesbeziehung zu stricken. Es geht lediglich um Sex und um sonst nichts!"*

"Es tut mir leid!" sagte Georg, *"bitte entschuldige!"*

"Ich denke, wir beenden das hier!" sagte Billy, *"die Geschichte ist mir zu heiß!"*

Billy ging die Treppe hinunter, nahm ihren Mantel von der Garderobe und reichte Georg die Hand.

"Es hat mich trotzdem gefreut dich kennen zu lernen, und ich wünsche dir, dass du eine Frau findest, die zu dir passt. Die Sache mit dem Dating-Portal ist nicht wirklich deine Welt; glaube mir!"

Dann gab sie Georg noch einen Kuss auf die Wange und ging. Zurück blieb ein völlig enttäuschter Mann, der nicht verstehen konnte, was da gerade passiert war. So sehr er auch darüber nachdachte, er konnte den Fehler einfach nicht finden.

Als Sybille in ihrem Auto saß, musste sie erst einmal ihre Gedanken ordnen. Es ging ihr, im Grunde genommen, nicht viel anders als Georg.

Es hatte doch alles so gut begonnen. *"Was war der Auslöser für mein abruptes Gehen"*, fragte sie sich immer wieder, obwohl sie die Antwort längst wusste, sie sich aber nicht eingestehen wollte.

Als sie zuhause angekommen war, zog sie sich erst einmal um. Ihre Aufmachung, mit der sie schon etliche Verabredungen hinter sich gebracht hatte, kam ihr auf einmal lächerlich vor.

Sie schminkte sich ab, und als sie ihr Bild im Spiegel sah, erkannte sie, dass sich ihre Augen mit Tränen füllten. Sie ging ins Wohnzimmer, schenkte sich einen Cognac ein und zündete sich eine Zigarette an. Mit dem Rauchen hatte sie erst nach dem Tod ihres Mannes begonnen.

Hans, Sybilles Ehemann und große Liebe, war vor einem Jahr an Krebs gestorben. Sybille hatte ihn zwei Jahre lang hingebungsvoll gepflegt. Als es dem Ende zuging und die Schmerzen immer unerträglicher wurden, wünschte sie ihm manchmal den Tod.

Als er dann endlich eintrat, war es wie eine große Erlösung. Bei der Beerdigung stand sie mit ihrer gemeinsamen Tochter Bettina am Grab, und sie war nicht fähig, eine einzige Träne zu weinen.

Es dauerte danach noch Wochen, bis sie endlich weinen konnte. Dann aber mit einer Heftigkeit, die körperlich weh tat.

Als nach Monaten ihre Sexualität zart anklopfte, um sich wieder in Erinnerung zu bringen, schwor sich Sybille, nie wieder eine feste Bindung einzugehen. Sex ja - Liebe nein!

In der Zeit der schweren Krankheit hatte sich Sybilles Sexualität dezent zurückgezogen, so als wolle sie nicht lästig sein. Körperkontakt, in erotischem Sinn, war im Verlauf der Erkrankung, nicht mehr möglich gewesen.

Sybille hatte, wie Georg, die gleiche Veranlagung, was den Sexualtrieb betraf. Vielleicht war es ja kein Zufall, dass gerade die beiden aufeinander trafen.

"Er ist ja auch ein lieber Kerl" sinnierte Sybille, nippte an ihrem Cognac und drehte den Fernseher auf. *"Vielleicht melde ich mich ja noch einmal bei ihm..."*

Das erste, was Georg am nächsten Tag machte, war das Löschen seiner Anmeldung beim Dating-Portal. *"Das ist dann doch wohl nicht wirklich meine Welt"* dachte er, und als er den Email-Account löschen wollte, den er extra für diese Aktion angemeldet hatte, hielt er kurz inne. *"Den kann ich ja noch immer lö-*

schen", sagte er zu sich selbst, ohne jedoch zu wissen, warum.

Georg verbrachte die nächsten Tage und Wochen damit, über seine weitere Vorgehensweise nachzudenken. Sollte er sich vielleicht doch wieder bei dem Dating-Portal anmelden? Oder sollte er seine Bedürfnisse auf professionelle Art befriedigen lassen?

So sehr er sich auch bemühte eine Lösung zu finden, es gelang ihm einfach nicht. Und seine Unentschlossenheit war ihm keine wirkliche Hilfe dabei.

Als er wieder einmal den Posteingang seines geheimen Email-Accounts überprüfte, fand er eine Nachricht vor. Sie war von Billy.

"Hallo Georg!
Ich wollte nur einmal kurz bei dir vorbei schauen und fragen, wie es dir geht. Hast du vielleicht schon eine liebe Frau gefunden, die zu dir passt? Das würde mich sehr freuen.
Ich habe damals vielleicht etwas heftig reagiert, und ich hoffe, du bist mir deswegen nicht böse.
Ich würde dich gern zu einem Treffen im Café Elisabeth, am Rathausplatz, einladen.
Bitte, maile mir, ob du Lust und Zeit hast, damit wir einen Termin ausmachen können.
Ich würde mich sehr darüber freuen.
Liebe Grüße und hoffentlich bis bald!
Sybille"

Sybille wollte ursprünglich mit "Deine Sybille" unterschreiben, ließ aber "Deine" weg, um bei Georg keine falschen Hoffnungen zu wecken. Stattdessen fügte sie das Smilie für "Freude" hinzu.

Als Georg auf das Datum der Mail schaute, erschrak er. Es lag schon fast zwei Wochen zurück. Er ärgerte sich, dass er nicht schon früher seine Mails gecheckt hatte, wie er das auch bei seinem offiziellen Account machte. Er begann sofort eine Antwortmail zu verfassen.

"Hallo Sybille!
Ich habe mich riesig gefreut, als ich deine Mail gelesen habe.
Es tut mir sehr leid, dass ich erst jetzt antworte; aber ich war krank, und ich habe in dieser Zeit keine Mails gelesen.
Was deine Frage angeht, nein, ich bin noch immer solo. Das heißt aber auch, dass ich Zeit habe, mich mit dir zu treffen.
Bitte, teile mir kurz mit, wann wir uns treffen können. Der Tag und die Zeit sind mir völlig egal; denn Zeit habe ich ja im Überfluss.
Nochmals danke für deine Mail und entschuldige mein spätes Reagieren.
Liebe Grüße und bis bald!
Dein Georg"

Dass Georg krank war, war eine Notlüge; aber dass er mit "Dein Georg" unterschrieben hatte, war ehrlich und kam ihm aus tiefstem Herzen.

Als hätte Sybille auf seine Mail gewartet, kam die Rückantwort prompt.

"Kommenden Freitag, 15:00 Uhr, Café Elisabeth am Rathausplatz. Ich freue mich schon sehr!"

Und ebenso prompt, und mindestens genau so erfreut, erfolgte Georgs Bestätigung: *"Passt mir gut!"*

Georg hatte sich fein herausgeputzt, als er am Freitagnachmittag das Caféhaus betrat. Er wollte ursprünglich einen Strauß Rosen besorgen, besann sich aber noch rechtzeitig auf die Romantikallergie von Billy.

"Anstatt Blumen!" sagte Georg, überreichte Sybille eine Flasche Champagner, und fügte mit einem Augenzwinkern noch hinzu: *"Er ist aber nicht eingekühlt!"*

Sybille musste lachen, nahm den Champagner entgegen und gab Georg einen Kuss auf die Wange.

"Wartest du schon lange?" fragte Georg, weil er ja eher zu früh da war, und überrascht darüber, dass er Sybille schon vorfand.

"Nein, nein", antwortete Sybille, *"ich bin auch erst gerade gekommen. Und wie du siehst, habe ich noch nichts bestellt."*

"Dann wollen wir das jetzt gleich tun!" sagte Georg und winkte den Ober herbei. *"Was darf ich für dich bestellen?"* fragte er Sybille.

"Ich nehme einen Café Crème und ein Croissant!" antwortete Sybille und Georg sagte: *"Für mich bitte das gleiche!"*

"Ich freue mich, dass wir uns wieder einmal sehen!" begann Sybille das Gespräch. *"Bist du wieder gesund?"*

Georg, der mit dieser Frage nicht gerechnet hatte, kam in große Bedrängnis. In seiner Not antwortete er: *"Danke, ja! Es war ja nur halb so schlimm!"*

Sybille, welche die Notlüge von Georg schon beim Erhalt seiner Mail zu erkennen glaubte, war sich jetzt sehr sicher, dass sie recht hatte.

"Das freut mich! Was machst du so die ganze Zeit über? Hast du dich bemüht jemanden kennen zu lernen? Aus dem Dating-Portal bist du ja verschwunden, wie ich gesehen habe."

"Ja, das ist nichts für mich. Mit dem Kennenlernen ist das so eine Sache", antwortete Georg, *"in meinem Alter ist das schwierig, und wie du ja weißt, bin ich kein so der richtiger Draufgänger!"*

Sybille lächelte. Sie fühlte sich wohl in Georgs Gegenwart. Dieses Gefühl hatte sie schon seit Jahren nicht mehr. Und genau genommen, sah Georg ja recht gut aus; so heraus geputzt und bei Licht betrachtet.

"Möchtest du mir ein bisschen aus deinem Leben erzählen?" fragte sie Georg, und sie war über ihre Frage selbst erstaunt.

"Da gibt es nicht viel zu erzählen, und besonders interessant ist es auch nicht", sagte Georg, *"aber wenn es dich wirklich interessiert, dann erzähle ich es dir gern!"*

"Das wäre schön, und es interessiert mich auch wirklich!" sagte Sybille.

"Also geboren und aufgewachsen bin ich auf dem Land. Genauer gesagt, auf einem Bauernhof. Meine Eltern hatten eine kleine Landwirtschaft und ein paar Stück Vieh.

Mein Vater ist fest davon ausgegangen, dass ich den Hof einmal übernehmen werde. Ich hatte jedoch überhaupt kein Interesse daran, was zu einem Zerwürfnis mit meinem Vater führte. Als ich 18 war, bin ich von zuhause weggegangen.

Ich habe mich bei der Eisenbahn beworben und bin zum Lokführer ausgebildet worden. Diesen Beruf habe ich dann bis zu meiner Pensionierung ausgeübt."

Sybille war völlig überrascht von Georgs Vita. Sie hatte bei ihm auf einen kaufmännischen Beruf getippt, vielleicht auch auf Lehrer oder Beamter. Aber keinesfalls auf einen Eisenbahner.

Nicht, dass sie irgendwelche Ressentiments gegen Eisenbahner empfunden hätte, aber Georgs gepflegte Erscheinung und seine ganze Art hatten sie völlig in die Irre geführt.

"Was ist aus dem Hof deiner Eltern geworden?" versuchte sie ihre Überraschung zu überspielen.

"Den betreibt jetzt meine kleine Schwester, zusammen mit ihrem Mann, der ebenfalls Bauer ist und eingeheiratet hat."

"Und deine Eltern?" fragte Sybille weiter.

"Meine Mutter lebt nicht mehr; sie hat unter dem Zerwürfnis meines Vaters mit mir sehr gelitten. Ich wollte sie ab und zu besuchen; aber der Vater hat mich jedes Mal vom Hof gejagt. Irgendwann habe ich es dann gelassen. Heute tut es mir leid, dass ich nicht beharrlicher war. Ich fühle mich auch ein wenig schuld am Tod der Mutter!"

Sybille hätte Georg jetzt sehr gern in den Arm genommen, einfach um ihn zu trösten, und um ihm zu sagen, dass er keine Schuld am Tod der Mutter hätte.

"Und dein Vater? Lebt er noch auf dem Hof oder ist er auch schon gestorben?" fragte Sybille stattdessen.

"Der alte Griesgram lebt noch. Aber er ist dement und lebt in irgendeinem Heim!" sagte Georg mit leichter Verbitterung.

"Hast du ihn da einmal besucht?" fragte Sybille.

"Das wäre mit Sicherheit das Letzte, was ich möchte!" antwortete Georg trotzig, *"mit diesem Menschen habe ich nichts mehr zu tun!"*

Es folgte ein betretenes Schweigen. Sybille unterbrach es nach einer Weile, indem sie fragte:

"Wollen wir vielleicht noch ein Glas Wein miteinander trinken?"

"Wenn es dich nicht stört, wären mir jetzt ein Glas Bier und ein kleiner Schnaps lieber!" antwortete Georg, der sich sichtlich wieder gefangen hatte.

"Aber nein, mein Lieber, das stört mich nicht im geringsten. Weißt du was, dann nehme ich noch einen Café und einen guten Cognac dazu!"

"Magst du Cognac gern?" fragte Georg und Sybille antwortete:

"Ja, aber nur guten, echten französischen!"

Kaum, dass sie es gesagt hatte, hätte sich Sybille am liebsten auf die Zunge gebissen. Es hätte vollkommen genügt, zu sagen, dass sie Cognac mag, ohne den Zusatz "guten, französischen".

Sie fürchtete, dass sich Georg klein fühlen könnte, und ergänzte daher:

"Das kommt daher, dass ich beruflich immer wieder einmal mit teuren Getränken in Berührung kam. Ein guter Weinbrand schmeckt mir genauso gut!"

"Nun ist die Partie ausgeglichen, was das Schwindeln betrifft", dachte sich Sybille, *"Georg mit seinem Krankenstand und ich mit meinem Weinbrand!"*

"Was hast du beruflich gemacht? Und wie verlief dein Leben?" fragte Georg.

"Ich habe in einer Bank gearbeitet!" sagte Sybille.

"Am Schalter oder im Büro?" wollte Georg genauer wissen.

"Weder noch! Ich habe im Personalbüro gearbeitet!"

"Als Sekretärin?" fragte Georg und zog die Schlinge der Wissbegierigkeit weiter zu.

"Nein", gestand Sybille, *"ich war die Leiterin der Abteilung!"*

Georg schaute voll Bewunderung auf die Frau, die ihm gegenüber saß. Und das genau wollte Sybille verhindern. Der Underdog und die Führungskraft; was für ein klassischer Gegensatz.

Bevor Georg seine Bewunderung in Worte kleiden konnte, begann Sybille ihre Lebensgeschichte vor ihm auszubreiten.

Sie erzählte ihm von einer kleinen Anwaltskanzlei, die ihrem Vater gehörte, und die in Wirklichkeit zwölf Mitarbeiter hatte, und eine der renommierteste Kanzleien der Stadt war.
Und dass sie ein renitentes, nur schwer zu bändigendes Mädchen war, an der sich die liebe Mutter die Zähne ausbiss.
Vom Vater, dessen Liebling Sybille war, bekam die Mutter nur wenig bis keine Unterstützung.

Sybille hätte sich gern noch ein Geschwisterchen gewünscht, was die Mutter aber erfolgreich zu verhindern wusste.

"Warst du je verheiratet oder bist du es vielleicht noch?" fragte Georg und rührte damit an eine Wunde von Sybille, die immer wieder einmal aufbrach.

Sybille überlegte lange, ob sie sich auf diese Frage einlassen sollte, und sie war schon nahe daran, das Gespräch abzubrechen, als ihr einfiel, dass sie diesen Fehler vor noch nicht allzu langer Zeit schon einmal gemacht hatte.

"Ja, ich war verheiratet. Dreißig wunderbare Jahre lang, mit der großen Liebe meines Lebens!"

Sybille, die bemerkt hatte, dass Georg gerne fragen wollte, warum die Ehe nach dreißig Jahren beendet wurde, sich aber nicht traute, erlöste ihn mit dem Satz:

"Ein böser Tumor hat mir meinen Hans genommen!"

Georg legte seine Hand auf Sybilles Hand, sah sie liebevoll an und sagte:

"Es tut mir unendlich leid für dich!"

Tränen rannen über Sybilles Gesicht. Georg hatte noch immer seine Hand auf der ihren liegen, und Sybille empfand es als wohltuend. Sie fühlte sich auf einmal wie befreit, dass sie das alles ausgesprochen hatte. Und das zu einem ihr relativ fremden Menschen, der ihr plötzlich so vertraut schien.

"Ich danke dir sehr für dein Mitgefühl; es tut mir wohl! Aber ich denke, für heute ist es genug. Ich möchte dir einen „Jour fixe" vorschlagen, an dem wir uns treffen können!"

"Was ist ein „Jour fixe", fragte Georg, der mit diesem Wort nichts anzufangen wusste.

"Das ist ein bestimmter Wochentag, an dem man sich trifft. Einmal in der Woche, im Monat oder auch im Jahr!" erklärte Sybille, berührt von dem schlichten Gemüt des Mannes, aber auch ein wenig verzaubert von seinem Wesen.

"Das ist eine gute Idee!" stimmte Georg spontan zu. *"Und welchen Tag nehmen wir?"*

"Was ist mit Freitag, so wie heute?" schlug Sybille vor.

"Perfekt!" jubilierte Georg, der seine Freude darüber kaum verbergen konnte. *"Also bis nächsten Freitag!"*

"Same time, same station!" entfuhr es Sybille, die sich schon wieder auf die Zunge hätte beißen wollen, dass ihr das heraus gerutscht war.

"Same time, same station!" kam prompt die Antwort von Georg, und Sybille musste lachen. *"Dieser Mann ist wohl immer für eine Überraschung gut",*

dachte sie, und sie umarmte Georg beim Abschied mit großer Herzlichkeit. Bevor sie endgültig auseinander gingen, sagte Sybille noch:

"Was ich noch sagen wollte: Ich habe eine Tochter, einen Enkelsohn und einen Ex-Schwiegersohn!"

Am nächsten Tag wurde Sybille von ihrer Tochter Bettina besucht.

"Du siehst irgendwie verändert aus!" sagte Bettina mit großem Erstaunen.

Sybille lächelte, als sie das hörte. *"Findest du?"*

"Ja! Warum lächelst du?"

"Weil ich mich gut fühle, und weil ich mich über deinen Besuch freue! Wie geht es Peter?"

"Du brauchst gar nicht abzulenken", sagte Bettina, *"und du weißt genau, wo Peter um diese Zeit ist. In der Schule natürlich, wie jeden Tag um diese Zeit!"*

"Aber ja", sagte Sybille, *"ich habe halt nicht daran gedacht. Vermutlich beginnende Altersdemenz!"*

"Rede nicht so einen Unsinn; versündige dich nicht!" sagte Bettina in ermahnendem Ton.

"Du hast recht; das war dumm. Entschuldige bitte!"

"Also wie ist das jetzt; sagst du mir den Grund? Ich gebe ja doch keine Ruhe, bevor du es mir gesagt hast!"

"Ich habe jemanden kennengelernt!" kam die erlösende Antwort der Mutter.

"Wieder einen deiner „Sextoys" oder jemand Normalen?" fragte Bettina weiter. Sie wusste um die Freizeitgestaltung der Mutter und sie tolerierte das; wenn auch schweren Herzens.

Sie hätte sich nie getraut etwas dagegen zu sagen. Dazu war der Respekt viel zu groß. Außerdem hatte sie eine wunderbare Kindheit erlebt, und die aufopfernde Pflege des Vaters durch die Mutter nötigte ihr größte Bewunderung ab. Und was die Mutter in ihrer Freizeit machte, das war ganz allein ihre Entscheidung.

"Kein Sextoy", antwortete Sybille, die sich über die Bezeichnung ihrer Sexualpartner durch ihre Tochter amüsierte. *"Ein stinknormaler Mann mit guten Manieren und einem feinen Charakter!"*

"Wie bist du denn an den gekommen?" fragte Bettina erstaunt.

"Das wirst du nicht glauben", antwortete Sybille, *"über das Dating-Portal."*

Bettina sah ihre Mutter überrascht an. *"Über dasselbe Dating-Portal wie bisher oder über ein anderes?"*

"Über dasselbe sündige Dating-Portal wie immer. Jetzt staunst du aber, nichtwahr?"

"Wie geht das zusammen? Die Männer, die sich im Rahmen dieser Einrichtung verabreden, können doch niemals normale Zeitgenossen sein. Das glaube ich dir nie und nimmer!"

"Doch das geht! Es ist unglaublich, aber wahr!"

Und dann erzählte Sybille ihrer Tochter die Geschichte von Georg, dem pensionierten, verwitweten und verirrten Mann, der an ihr Herz gerührt hatte.

Bettina hörte Sybille zu, und ein wunderbares Gefühl der Freude machte sich in ihrem Herzen breit.

"Das ist wunderbar", sagte sie, umarmte ihre Mutter, und sagte dann noch einmal: *"Das ist so wunderbar; ich freue mich für dich, Mamschi!"*

Sybille war seltsam davon berührt, dass sie ihre Tochter "Mamschi" genannt hatte. Die gängige Anrede war Sybille.

"So hast du mich schon sehr lange nicht mehr genannt, Tochter!" sagte Sybille, *"das klingt sehr schön; das gefällt mir!"*

"Gewöhne dich erst gar nicht daran", kam prompt die Antwort von Bettina, *"das war ein einmaliger Ausrutscher!"*

"Und wann stellst du mir das exotische Exemplar der Spezies „Mann" vor", fragte Bettina, *"ich bin schon sehr gespannt auf diesen Georg!"*

"Langsam, langsam", sagte Sybille, *"So weit sind wir noch lange nicht! Alles zu seiner Zeit!"*

"Aber pass auf, dass dir der Fisch nicht von der Angel geht. Ich würde mich sehr freuen, wenn die Großmutter meines Sohnes wieder ein normales Sexualleben führen könnte!"

"Nicht so keck, junge Frau!" sagte Sybille, und drohte mit erhobenem Zeigefinger, was jedoch mehr eine symbolische Handlung war, denn Ausdruck einer Empörung.

"Mein Sexualleben ist meine Privatangelegenheit! Kümmere du dich lieber um das deine!"

Wieder einmal war die Zunge schneller als das Hirn, was Sybille noch im selben Augenblick bereute.

"Entschuldige, Liebes!" sagte sie. *"Das Fettnäpfchen hat wieder einmal gerufen, und ich habe freudig JA gesagt. Kannst du deiner alten Mutter noch einmal verzeihen?"*

Bettina musste lachen. Solche verbale Ausrutscher war sie von Sybille gewohnt, und sie wusste auch, dass sie niemals in der Absicht getätigt wurden, zu verletzen.

"Ein letztes Mal! Weil du es bist!"

"Danke, mein Liebling! Du darfst dir etwas wünschen!" sagte Sybille, und dachte wieder einmal daran, was für eine tolle Tochter sie doch hatte. Und dass Bettinas Exmann Frau und Kind verlassen hatte, war zwar schmerzhaft, aber auch irgendwie wieder gut.

Ein Mann in schmucker Uniform, gut aussehend, ständig mit schönen Frauen unterwegs, war kein Mann für nur eine Frau. Und Frank, der Pilot, hatte die damit verbundenen Klischees komplett bedient.

"Den Wunsch hebe ich mir auf. Ich werde zur gegebenen Zeit darauf zurück kommen!" sagte Bettina, die ihrer Mutter noch nie böse gewesen war, weil sie noch nie Grund dazu hatte. Und heute war es nicht anders.

"Mach das, Tochter! Der Gutschein hat unbegrenzte Gültigkeit!"

Die Tage bis zum nächsten „Jour fixe" wollten kaum vergehen. Georg hatte schon einige Male erwogen, sich bei Sybille zu melden, konnte sich aber mit größter Anstrengung davon abhalten.

Er wurde irgendwie nicht schlau aus dieser Frau. Was war sie? Eine Abenteuerin, die mit Männern spielte, und wenn ja, sollte er einer von diesen sein? Es widerstrebte ihm das zu glauben.

Die erste Begegnung mit der Venusfalle Sybille unterschied sich total von der zweiten Begegnung. Da saß ihm eine Frau gegenüber, die so viel Wärme und

Liebe ausstrahlte, und die ihn einlud in ein Meer der Geborgenheit einzutauchen.

Dem hatte er sich willig hingegeben, nicht ohne ein gewisses Gefühl der Angst, er könnte sich irren und irgendwann verletzt aus diesem Traum aufwachen zu müssen.

Und doch glaubte er fest daran, dass etwas Schönes und Gutes unterwegs war, um sein bisheriges, wenig erfreuliches Leben reich und kostbar zu machen.

Dann war er endlich da, der sehnlichst erwartete „Jour fixe" und mit ihm das Wiedersehen mit Sybille.

"Ich habe schon bestellt: Café Crème mit Croissant!" sagte Sybille, die wieder einmal vor Georg eingetroffen war. *"Ist das in Ordnung?"*

"Das ist perfekt!" sagte Georg, dem alles recht gewesen wäre, was Sybille bestellt hätte, und er fügte hinzu:

"Was hältst du davon, wenn wir das zu unserem Standard machen?"

"Prima Idee, mein Lieber", antwortet Sybille, *"das machen wir!"*

Georg war glücklich. Er strahlte sein Gegenüber einfach nur an. Sybille fühlte ähnlich, zeigte es aber nicht. Stattdessen begann sie eine Unterhaltung.

"Was hast du so alles gemacht in der vergangenen Woche?"

"Nichts Besonderes", antwortete Georg, *"spazieren gegangen, einkaufen, ein bisschen Musik gehört..."*

"Was für Musik hast du denn gehört?" fragte Sybille.

"Meist klassische Musik; Symphonien und so..."

"Du hörst klassische Musik?" brachte Sybille ihr Erstaunen zum Ausdruck.

"Wieso überrascht dich das so?" fragte Georg. *"Glaubst du, dass diese Art Musik nur Intellektuellen vorbehalten ist und keine Kost für einen Lokomotivführer?"*

Das hatte gesessen. Obwohl Georg das erheiternd gedacht und auch so gesagt hatte, kam es bei Sybille nicht so an. *"Was bin ich doch für eine blöde Kuh!"* dachte sie, und suchte krampfhaft nach einem Ausweg.

Georg half ihr, indem er im Gegenzug Sybille fragte, welche Art von Musik sie gern höre.

Sybille nahm das Geschenk dankbar an und antwortete: *"Ich glaube, wir bewegen uns da auf derselben Wellenlänge!"* Und als kleine Zugabe: *"Es gibt wohl einige Gemeinsamkeiten, die uns zwei verbinden!"*

"Das sehe ich auch so!" bekräftigte Georg das Gesagte. *"Und das macht mich sehr glücklich!"*

Sybille beließ es bei einem verbindlichen Lächeln. *"Nur nichts forcieren!"* sagte sie zu sich selbst. *"Die Dinge müssen sich in Ruhe entwickeln, und dann sehen wir weiter."*

"Und wie hat deine Woche ausgesehen?" war jetzt Georg mit fragen dran.

"Lass mich nachdenken!" sagte Sybille, um Zeit zu gewinnen, entschloss sich dann aber doch ihre Tochter Bettina ins Spiel zu bringen.

"Ich hatte Besuch von meiner Tochter Bettina!"

"Das ist schön!" warf Georg ein, in der Hoffnung noch mehr zu erfahren. *"Versteht ihr euch gut, du und Bettina?"*

Sybille fragte sich, ob es reine Höflichkeit von Georg war, sich für das Mutter-Tochter-Verhältnis zu interessieren. Sie wusste ja, dass Georg selbst keine Kinder hatte.

"Ja, das tun wir", sagte Sybille, *"wir lieben und wir respektieren uns!"*

"Wie wunderbar!" sagte Georg, *"so etwas ist eher selten in der heutigen Zeit!"*

"Sag; hast du nicht etwas von einem Enkelsohn erwähnt?" fragte Georg.

"Das hast du dir gemerkt?" sagte Sybille, und es freute sie, dass Georg tatsächlich ein echtes Interesse hatte.

"Ja natürlich", sagte Georg und fügte scherzhaft hinzu: *"Ein paar graue Zellen habe ich noch!"*

"Er heißt Peter und ist acht Jahre alt", sagte Sybille, *"er ist ein lieber Junge, und ich mag ihn sehr!"*

"Ich würde deine Tochter und deinen Enkel gerne einmal kennen lernen", sagte Georg, und fügte eilig hinzu: *"Natürlich nur, wenn dir das recht wäre!"*

Sybille war durcheinander. Sie konnte die Situation nicht richtig analysieren, was sie beunruhigte. So etwas war sie nicht gewohnt. Sie gab die Dinge nicht gerne aus der Hand. Und genau das glaubte sie gerade zu erleben.

"Da müsste ich erst einmal mit Bettina darüber reden", wich sie elegant aus, *"das kann ich schließlich nicht allein entscheiden!"*

Georg hatte sehr wohl erkannt, was da gerade passierte, und er sagte:

"Kann ich gut verstehen; war auch nur so eine Idee!"

Damit war das Thema zunächst einmal erledigt, und die restliche Zeit verging mit allgemeinem Gerede, was niemandem wirklich etwas brachte; aber auch keinen Schaden zufügte.

Als Sybille das nächste Mal mit Bettina zusammen traf, erzählte sie von dem Wunsch Georgs, sich mit ihnen gemeinsam zu treffen.

"Das ist eine wunderbare Idee, Mamschi", sagte Bettina, *"lass uns das bald machen!"*

"Findest du wirklich?" fragte Sybille zögerlich, die von dem spontanen Einverständnis ihrer Tochter überrumpelt wurde.

"Ich bin schon sehr neugierig auf diesen Mann!" sagte Bettina, die sich insgeheim wünschte, dass es etwas Ernstes werden könnte, zwischen ihrer Mutter und dem Herrn Georg.

"Na gut", sagte Sybille, *"aber versprich dir nicht zu viel davon!"*

"Ich verspreche mir gar nichts davon", schwindelte Bettina, *"ich möchte ihn einfach nur kennenlernen!"*

"Darf ich dich noch etwas fragen?"

Der Gesichtsausdruck von Bettina ließ nichts Gutes erkennen, und Sybille war schon sehr gespannt, was wohl hinter der Frage steckte. Eine Vermutung hatte sie schon.

"Triffst du dich noch mit anderen Männern? Du weißt schon, was ich meine!"

Sybille sah ihre Vermutung bestätigt. Sie kannte ihre Tochter durch und durch.

"Nur noch selten!" antwortete sie. *"Das eine hat mit dem anderen schließlich nichts zu tun!"*

Die verschärfte Tonart zeigte Bettina auf, dass sie einen Nerv getroffen hatte. Und daher ließ sie dieses Thema auf sich beruhen.

"Mach du bitte einen Termin mit Georg aus. Ich werde mich mit Peter danach richten. Am besten an einem Samstag, wegen der Schule."

"Ist gut; ich sage dir dann rechtzeitig Bescheid!" sagte Sybille und verabschiedete sich von Bettina. *"Gib Peter einen dicken Kuss von mir!"*

Dass Bettina sie das gefragt hatte, beunruhigte Sybille sehr. Sie hätte nicht gedacht, dass ihr sexuelles Gebaren in Bettinas Hirn herum spukte. Es war ja bisher nie ein Thema zwischen den beiden.

Sybille stillte nach wie vor ihre sexuelle Lust auf die altbewährte Weise, und sie sah auch keine Veranlassung, es zu ändern.

Und dass es einen Georg in ihrem Leben gab, spielte dabei überhaupt keine Rolle. Er war schließlich nicht der Typ Mann, der ihr das geben konnte, was sie zu brauchen glaubte.

Noch mehr, als sie die Frage ihrer Tochter beunruhigte, beunruhigte sie, dass sie überhaupt über dieses Thema nachdachte. Und sie fragte sich: *"Was ist los, was geschieht da gerade mit mir?"*

Georg war überrascht, als er eine Mail von Sybille bekam. Er hatte ihr seinen normalen Account gegeben, und heute lag die erste Nachricht von Sybille in seinem Postfach.

"Hallo, mein Lieber!
Ich habe mit meiner Tochter darüber gesprochen, dass du sie gerne kennenlernen möchtest, und sie hat zugestimmt.
Hättest du am kommenden Samstagnachmittag Zeit und Lust auf Kaffee und Kuchen zu mir zu kommen?
Alles Nähere können wir dann beim nächsten „Jour fixe" besprechen.
Die Adresse, wo ich wohne, sage ich dir dann auch.
Hab noch einen schönen Tag und liebe Grüße!
Sybille"

Sie brachte es noch immer nicht übers Herz das kleine Wort "Deine" vor Sybille zu setzen. Irgendetwas, von dem sie noch nicht herausgefunden hatte, was es war, hinderte sie daran.

Die Antwort kam postwendend: *"Sehr gern; ich freue mich schon darauf! Liebe Grüße! Georg"*

"Auch nur mit „Georg" unterschrieben", dachte Sybille, als sie das las. *"Ist wohl auch gut so!"*

"Guten Tag, liebe Sybille!" sagte Georg, als er am „Jour fixe" im Caféhaus erschien, und drückte Sybille dabei kräftig die Hand, *"ich freue mich schon sehr auf morgen!"*

Georg war wieder Zweiter, und es störte ihn auch nicht. Er genoss vielmehr, dass es eine Frau gab, die ihn einmal pro Woche erwartete. Ob sehnsüchtig oder nicht, blieb dahingestellt. Georg stellte sich diese Frage erst gar nicht.

"Ich freue mich auch, mein Lieber!" antwortete Sybille, *"hier sind meine Adresse und meine Telefonnummer!"*

Mit diesen Worten überreichte sie Georg eine Visitenkarte von edlem Design und feinstem Papier.

"Kann ich irgendetwas mitbringen?" fragte Georg.

"Nein danke! Es genügt völlig, wenn du Lust auf Kuchen und Kaffee mitbringst!" antwortete Sybille lachend, *"und wenn du dann auch noch pünktlich bist, dann bleibt kein Wunsch mehr offen!"*

"Ich werde pünktlich sein, und auf Kaffee und Kuchen freue ich mich sehr. Aber am meisten freue ich mich deine Tochter und deinen Enkel kennen zu lernen!"

Sybille ließ die Worte Georgs einfach stehen. Sie fühlte sich irgendwo unwohl bei dem Gedanken, dass ein fremder Mann am nächsten Tag ihre Wohnung betreten würde.

Seit dem Tod ihres Mannes hatte kein männliches Wesen mehr die Schwelle ihres Hauses übertreten, wenn man einmal von einem kleinen Mann, namens Peter, absieht. Und das war schon einige Tage her.

"Darf ich dir meine Tochter Bettina vorstellen?"

Mit diesen Worten begann das Kennenlernen von Georg mit Sybilles Familie.

Und zu Bettina gewandt: *"Bettina, das ist Herr Georg Behr!"*

Georg ging auf Bettina zu, reichte ihr die Hand und sagte: *"Bitte, nennen Sie mich Georg!"*

"Sehr gern", antwortete Bettina, *"und Sie nennen mich bitte Bettina!"*

Peter stand die ganze Zeit daneben und musterte Georg von Kopf bis Fuß.

"Nun", sagte Georg, *"wie ist deine Beurteilung ausgefallen; habe ich bestanden?"*

Peter, der sich ertappt fühlte, wurde rot und sagte:

"Ich denke, schon!"

"Da bin ich aber erleichtert", sagte Georg und streckte Peter die Hand hin.

"Dann wollen wir uns jetzt einander noch richtig vorstellen. Ich heiße Georg, und wie ist dein werter Name, wenn ich fragen darf?"

"Peter, ich heiße Peter! Eigentlich Peter Neuhaus; aber du kannst einfach Peter zu mir sagen!"

"Das freut mich sehr, lieber Peter! Das ist sehr freundlich von dir!"

"Du kannst doch Herrn Behr nicht duzen!", mischte sich Peters Mutter ein, und bevor sie noch mehr sagen konnte, intervenierte Georg schnell:

"Bitte, lassen Sie; das ist schon in Ordnung! Schließlich duze ich Herrn Neuhaus ja auch!"

Damit war die Lage geklärt, was zur allgemeinen Erheiterung beitrug.

"Warum duzen wir uns nicht alle?" meldete sich Sybille zu Wort, welcher der lockere Umgang Georgs mit ihrem Enkel sehr imponierte.

Dieser Vorschlag fand allgemeine Zustimmung, und nachdem das geklärt war, ging man zu Kaffee und Kuchen über.

"Du warst früher Lokomotivführer?", fragte Peter.

Georg war überrascht, dass sich ein Kind in heutiger Zeit noch für diesen Beruf interessierte. Im Jahrhundert davor gab es für Kinder entweder den Beruf des Feuerwehrmannes oder des Lokomotivführers. Aber heute...

"Ja, Peter, ich war einmal ein begeisterter Lokomotivführer."

"Auch mit Dampf, und so?"

"Ja, damit habe ich begonnen. Später bin ich dann auf E-Loks umgestiegen, und zum Schluss bin ich sogar den ICE 1 gefahren."

Peter hing gebannt an Georgs Lippen. *"War der sehr schnell?"*, fragte er weiter.

"Ja, bis maximal 280 km in der Stunde", antwortete Georg, *"ich finde das schon sehr schnell, du nicht auch?"*

"Auf jeden Fall!" antwortete Peter ganz aufgeregt.

Georg sah seinen jungen Freund an, dessen Wangen glühten. *"Es muss schön sein, Familie zu haben"*, dachte Georg, und er wünschte sich, er könnte Peter nehmen und einfach auf seinen Schoß setzen.

"Was machst du jetzt den ganzen Tag, wo du nicht mehr Lok fahren kannst? Hast du vielleicht ein Hobby?"

"Ja, mein kleiner Freund, das habe ich!" antwortete Georg, *"ich gehe manchmal zum Angeln."*

"Das hast du mir ja noch gar nicht erzählt", sagte Sybille, die von Peters Frage ebenso überrascht war, wie von Georgs Antwort.

"Ich hielt es nicht so für wichtig", kam die entschuldigende Antwort von Georg.

"Nicht so wichtig?" ereiferte sich Peter. *"Angeln ist sehr wichtig!"*

Peters Einwand kam daher, dass er mit seinem Opa Hans manchmal am See angeln war, und dass er das sehr vermisste.

Die beiden Frauen sahen sich bedeutungsvoll an. Und sie erkannten, dass bei ihrem Liebling eine schmerzliche Erinnerung wachgerufen worden war.

"Ich habe eine Idee", sagte Bettina ganz aufgeregt, *"wie wäre es, wenn wir alle zum See fahren, und Georg nimmt Peter mit zum Angeln!"*

"Oh, ja!" rief Peter laut, *"das wäre prima!"*

Sybille und Hans besaßen ein Wochenendhaus am See mit einem kleinen, überdachten Bootshaus. Sybille war seit dem Tod ihres Mannes nicht mehr dort gewesen, und der Vorschlag ihrer Tochter löste eine große Verwirrung bei Sybille aus.

"Das ist keine gute Idee!" versuchte sie die Idee im Keim zu ersticken, *"das Haus müsste erst hergerichtet werden, und außerdem können wir über Herrn Behr nicht so einfach verfügen!"*

Die Tatsache, dass Sybille "Herr Behr" sagte, anstatt "Georg", veranlasste Georg zu schweigen und sich nicht einzumischen.

"Das ist doch Unsinn!" sagte Bettina, und fing sich damit einen bösen Blick ihrer Mutter ein, *"man muss nur ein wenig putzen, und ich glaube, Herr Behr würde sicher gern mitkommen. Nicht wahr?"*

Bettina hatte sich zu Georg gewendet, um mit flehendem Blick seine Zustimmung zu erheischen.

Georg, der sich einerseits nicht gegen Sybille stellen wollte, auf der anderen Seite aber Peter und seiner Mutter gern eine Freude gemacht hätte, zog es vor, einfach nur mit den Schultern zu zucken.

Peter ging zu seiner Oma, und mit tränenerstickter Stimme sagte er zu ihr: *"Bitte, bitte, liebe Omi, sag doch JA!"*

Damit war Oma Sybille entwaffnet, und sie stimmte schweren Herzens zu.

"Sobald das Wetter passt, fahren wir über das Wochenende an den See. Ich muss nur noch eine passende Unterkunft für Herrn Behr suchen!"

"Aber wieso denn?" fragte Bettina, *"wir haben doch zwei Schlafzimmer. Ich schlafe mit dir in einem Zimmer, und Georg schläft mit Peter im anderen Zimmer!"*

"Prima!" rief Peter begeistert, *"die Frauen schlafen zusammen, und die Männer auch!"*

Es zeigte sich wieder einmal, wie sehr eine männliche Bezugsperson für Peter wichtig wäre, und Georg könnte diese Person sein.

Diesen Gedanken hatten wohl beide Frauen gemeinsam, und er war wohl auch ausschlaggebend dafür, dass Sybille zustimmte.

Das Wetter in den nächsten Tagen verhielt sich leider kontraproduktiv: Regen, Regen und nochmals Regen.

Der Besuch bei Sybille hatte Georg wieder einmal deutlich vor Augen geführt, dass sie wohl gute Freunde geworden waren; aber halt auch nicht mehr.

Georg hatte sich lange dagegen gewehrt, sich wieder auf eine Verabredung zum Sex einzulassen; aber die Befriedigung auf manuelle Weise war für ihn einfach nicht genug.

Er meldete sich beim Dating-Portal mit einer neuen Identität an, und schon bald kam es zu einem Treffen. Dieses Mal aber nicht bei ihm zuhause, sondern in einem Hotel.

Dem Dating-Portal angeschlossen waren einige Hotels, die nun nicht gerade zur gehobenen Sterne-Kategorie gezählt werden konnten, aber durchaus gepflegt und sauber waren.

Die Dame, die sich mit Georg verabredet hatte, hieß Carmen. Ob das ihr richtiger Name war, konnte bezweifelt werden, denn Georg hatte sich auch mit einem anderen Namen angemeldet. Er hieß nun Thomas.

Georg hatte diesen Namen gewählt, um sich nicht zu verplappern. Da Thomas sein zweiter Vorname war, in Erinnerung an den gefallenen Bruder seiner Mutter, war die Gefahr des Verplapperns doch sehr gering.

Eva war eine vollbusige Frau Ende vierzig, blond, und mit einer gewissen Derbheit ausgestattet. Dies zeigte sich in Bewegung und Sprache.

"Wie hättest du es gern, mein wilder Hengst?" begann sie die Eröffnung des Spiels „Sex ohne Grenzen".

"Überrasche mich, meine geile Stute!" stimmte Georg, vulgo Thomas in den Sprachduktus ein.

"Dann machen wir es auf „spanisch", sagte Carmen, und Georg verstand nur "Bahnhof".

Carmen, welche auf einen sprichwörtlich „ungläubigen Thomas" blickte, übernahm die Regie.

"Leg dich auf den Rücken!" sagte sie, *"und lass mich machen!"*

Dann nahm sie ein Gleitgel, das sie mitgebracht hatte und rieb Georgs bestes Stück gefühlvoll damit ein. Sie legte sich neben Georg, presste ihre Brüste zusammen, als Anschauungsunterricht und sagte dann:

"Lege deine „cola" zwischen meine Brüste, presse sie mit deinen Händen zusammen und massiere sie mit deinen Zauberstab!"

Georg, der nicht annahm, dass es sich bei besagter "cola" um ein Getränk handeln würde, war wie paralysiert und tat, wie geheißen.

Carmen, von der Georg inzwischen glaubte, dass sie wohl doch Spanierin sei, stimulierte nebenbei ihre Muschi mit der Hand, und so kamen beide fast gleichzeitig zum Höhepunkt.

Nach getaner Arbeit rollte Georg sich auf die Seite, noch völlig benommen von dieser „Spanischen Variante" des Geschlechtsverkehrs und stöhnte: *"Das war der Wahnsinn! So etwas habe ich noch nie erlebt!"*

"Na, mein andalusischer Hengst, hat es dir gefallen?" fragte Carmen, nicht ohne Stolz.

"Es war großartig! Ich danke dir! Ich hoffe, ich habe alles richtig gemacht!"

"Cierto!" sagte Carmen *"Todo bien!"*

Damit waren die letzten Zweifel ob der Herkunft von Carmen beseitigt und das, obwohl ihr Äußeres nicht zwingend auf Spanien hinwies.

"Magst du keinen normalen Sex?" fragte Georg nach einer Weile.

"Wie meinst du das?" antwortete Carmen.

"Na, so; du weißt schon: Schwanz in Muschi!"

Carmen musste lachen. Sie lächelte Georg an und sagte: *"Cola in coño darf nur mein Mann!"*

Georg, sichtlich verwirrt ob dieser Antwort, fragte: *"Aber warum machst du das dann?"*

"Weil es mir Spaß macht! Du machst es doch auch nur aus diesem Grund; oder etwa nicht?" konterte Carmen.

"Natürlich! Die Frage war dumm; entschuldige bitte!"

"Kein Problem, Caballero! Ich hoffe, wir sehen uns demnächst wieder?" sagte Carmen mit einem entwaffnenden Lächeln, stand auf und ging ins Bad.

"Sí, sí; meine wilde Stute! Ich kann es kaum erwarten!"

Als sich Georg von Carmen verabschiedet hatte, empfand er eine tiefe Zufriedenheit. Da waren auf der einen Seite Frauen, die seine und ihre sexuelle Lust befriedigten, und auf der anderen Seite erfuhr er eine tiefe Befriedigung seiner Seele durch Sybille.

Er hatte ja keine Ahnung, dass er beides von Sybille haben könnte, wäre da nicht der Schatten der Vergangenheit in Form des verstorbenen Gatten gewesen, der sich wie ein dicker Mantel über sie gelegt hatte, und den sie nicht abzustreifen vermochte.

Im Posteingang seines Email-Accounts lag eine Nachricht von Sybille.

"Hallo, lieber Georg!
Die Wetterprognose für das kommende Wochenende ist vielverheißend. Wenn es dir zeitlich passt, plane es für unseren Ausflug zum See ein.

Am Abend kann es manchmal recht kühl werden. Bitte, nimm dir auch etwas wärmere Kleidung mit, weil wir abends gerne draußen sitzen.
Peter ist schon ganz aus dem Häuschen, dass er mit dir zum Angeln gehen kann.
Wenn es dir recht ist, dann werde ich dich am Freitag, so gegen 14:00 Uhr, mit dem Auto abholen. Peter hat ja am Vormittag noch Schule.
Ich rufe dich aber noch auf alle Fälle am Freitagvormittag an.
Liebe Grüße Sybille!"

Georg las die Mail ein zweites Mal, so sehr freute er sich darüber. Sein Angelzeug hatte er schon vor Tagen überprüft. Für Peter hatte er ein mehrteiliges Angelset besorgt, nebst einem Buch mit Beschreibung und Abbildung aller gängigen Süßwasserfische.

Das Wetter hielt, was es versprochen hatte. Als Sybille am Freitag, pünktlich um 14:00 Uhr bei ihm anläutete, stand Georg schon reisefertig hinter der Tür.

"Hast du schon auf mich gewartet?" fragte Sybille scherzhaft, und ohne eine Antwort abzuwarten sagte sie: *"Dann räum einmal schnell deine Sachen ins Auto."*

Sybille hatte sich salopp gekleidet: hellblaue Leinenhose, weiße Bluse, Sportschuhe und Baseball Cap. So sportiv ihr Outfit war, so sportiv war auch ihr Fahrstil. Schnell, aber trotzdem sehr sicher. Georg fühlte sich richtig gut; so gefiel ihm sein Leben.

Das Wochenendhaus, von dem Georg geglaubt hatte, es wäre eine einfache Holzhütte, entpuppte sich als ein Gebäude aus Stein. Es stand auf einem eingezäunten Grundstück mit einem Steg, der zum Wasser hin führte und einem angeschlossenen Bootshaus.

"Da wären wir", sagte Sybille, *"steigst du bitte aus und öffnest das Tor?"*

Georg öffnete das Tor und Sybille fuhr den Wagen auf das Grundstück. Sie stellte ihn neben das Auto von Bettina, die schon vor ihnen eingetroffen war.

Peter, der die Ankunft von Sybille und Georg bemerkt hatte, stürzte heraus und direkt auf Georg zu. Er umschlang ihn und sagte: *"Ich bin so froh, dass du gekommen bist!"*

"Ich freue mich auch!" sagte ein verwirrter Georg, der nicht wusste, wie ihm gerade geschah, und die noch mehr verwirrte Großmutter Sybille sagte: *"Und was ist mit mir?"*

"Über dich freue ich mich natürlich auch, Omi!" antwortete Peter, und Sybille sagte: *"Da bin ich aber erleichtert!"*

Bettina, die das mit angesehen hatte, begrüßte ihre Mutter mit einem Kuss und begrüßte danach Georg. Sie gab ihm zuerst die Hand, und dann geschah etwas Unerwartetes. So wie der Mutter, gab sie auch Georg einen Kuss auf die Wange.

"Herzlich willkommen, lieber Georg! Es ist schön, dass du da bist!"

Sybille war zunächst über das Vorgehen ihrer Tochter überrascht, billigte es aber. Es hatte sogar fast den Anschein, als freute sie sich darüber.

"Dann lass uns einmal alles auspacken und ins Haus tragen!" sagte sie, und zu Georg gewandt: *"Auch von mir ein herzliches Willkommen!"*

"Gehen wir jetzt gleich angeln?" fragte Peter voller Ungeduld.

Bevor Georg antworten konnte, sagte Bettina:

"Nichts da, junger Mann! Zuerst werden die Hausaufgaben gemacht!"

"Aber die kann ich doch auch noch morgen machen!" versuchte Peter sein Glück.

"Morgen, morgen; nur nicht heute - sagen alle faulen Leute!" mischte sich die Großmutter ein, *"du hast gehört, was deine Mutter gesagt hat!"*

Sybilles Tonfall ließ keinerlei Zweifel zu, was zu tun wäre. Georg entschärfte die Situation, indem er sagte:

"Am Abend beißen die Fische am Besten. Also hast du genügend Zeit deine Hausaufgaben zu machen!"

"Ist gut!" willigte Peter ein, und das Erstaunen bei Mutter und Großmutter war riesengroß.

Um 17:00 Uhr wurde dann zu Abend gegessen. Eine Stunde früher als gewohnt, weil ja noch der abendliche Angelausflug anstand.

"Ich habe ein kleines Geschenk für dich, Peter!"

Mit diesen Worten holte Georg einen Karton unter dem Tisch hervor, welchen er zuvor heimlich dort platziert hatte.

"Was ist da drin?" fragte Peter, sichtlich aufgeregt.

"Mache es auf; dann wirst du es gleich sehen!" antwortete Georg.

Peter entfernte hastig das Einpackpapier vom Karton, um dann in einen Jubelschrei auszubrechen.

"Eine Angel, eine Angel", rief er laut, *"eine richtige Angel!"*

Dann fiel er Georg um den Hals, küsste ihn ab und bedankte sich. Die beiden Frauen waren glücklich darüber, ihren kleinen Liebling so froh und unbeschwert zu erleben. Die Trennung von Mutter und Vater hatte Peter sehr zugesetzt. Seine natürliche Fröhlichkeit war von ihm gewichen. Und gerade eben erlebte sie ihre Auferstehung.

Bettina hatte Tränen in den Augen, als sie das sah, und sie konnte nicht umhin, Georg ebenfalls zu küssen.

"Jetzt muss es aber genug sein mit der Knutscherei", sagte Sybille scherzhaft, und sie musste sich sehr zurückhalten, um sich nicht anzuschließen. Sie beließ es bei einem dankbaren Blick, den Georg freudig in sich aufsog.

Nach dem Abendessen gingen die beiden Männer zum Fischfang,

"Petri Heil, und bringt etwas mit für das morgige Mittagessen!" rief ihnen Bettina nach.

"Aber nichts aus der Gefriertruhe!" spielte Sybille auf den ortsansässigen Fischladen an.

Georg hatte das kleine Boot ein paar Meter auf den See hinaus gerudert. Zuvor hatte er Peter noch eine Schwimmweste angezogen, worauf die Großmutter bestanden hatte. Das hätte Georg aber auch ohne die strenge Anweisung gemacht.

Peter hatte die Angel ausgeworfen und starrte nun gebannt auf den Schwimmer. Und plötzlich hatte er einen Biss.

"Warte, warte!" sagte Georg, *"noch nicht! Warte, bis der Schwimmer ganz unter Wasser gezogen ist. Dann ziehst du den Fisch mit einem kräftigen Ruck an der Angel aus dem Wasser!"*

Peter, vom Jagdfieber fest gepackt, wartete noch einen kurzen Moment, und dann holte er seinen ersten Fang aus dem Wasser.

Das *"Jetzt!"* von Georg hatte er gar nicht gebraucht. Peter war ganz offenkundig ein Naturtalent!

"Ich gratuliere dir zu deinem ersten Fang! Petri Heil!" sagte Georg, und Peter, dessen Wangen glühten, sagte: *"Danke!"*

"Das heißt nicht einfach DANKE", sagte Georg, *"das heißt PETRI DANK. Also noch einmal, ich sage jetzt PETRI HEIL und was sagst dann du?"*

"Petri Dank!" kam es laut aus Peters Mund.

Die beiden Fischer machten sich wieder ans Werk. Nach einer Weile des Schweigens, einer der wichtigsten Faktoren beim Fischfang, zupfte Peter Georg am Ärmel.

"Was möchtest du denn?" fragte Georg den Knaben. Peter zögerte eine Weile, bevor er sagte:

"Kann ich nicht Opa Georg zu dir sagen?"

Georg war sprachlos. Er hatte zwar schon längst bemerkt, dass sich Peter zu ihm hingezogen fühlte, und ihm ging es umgekehrt ja genauso; aber dass er ihn quasi zum Großvater machen wollte, kam doch mehr als überraschend.

"Das ist sehr lieb von dir, dass du mich das fragst, und es berührt mich sehr", antwortete Georg nach einem kleinen Zögern; *"aber da müssen wir erst mit deiner Mutter und mit deiner Großmutter sprechen!"*

"Kannst du das nicht machen?" fragte Peter weiter.

Georg sah den Knaben an, und in dessen flehentlichen Blick sah er, wie sehr ihm dieser Wunsch am Herzen lag.

"Kann ich machen", sagte Georg, *"aber erst später, wenn du schon im Bett liegst und schläfst. Einverstanden?"*

"Ja!" sagte Peter, und wollte aufstehen, um seinem Wunsch-Opa zu umarmen.

"Bleib sitzen!" rief Georg laut, denn das Boot hatte begonnen, bedenklich zu schaukeln, *"oder willst du, dass wir ertrinken?"*

"Nein!" sagte Peter, und dann mussten beide herzlich lachen.

Die Ausbeute des Angelausflugs auf dem See konnte sich sehen lassen. Georg hatte zwei Barsche und ein paar Rotaugen aus dem Wasser gezogen, und Peter war es gelungen, einige Elritzen als Futter für die Hühner der Nachbarin zu fangen.

Mit stolz geschwellter Brust lieferten die beiden Angler ihren Fang ab. Peter brachte seinen Fang der

Nachbarin, und kam mit einer Tafel Schokolade und ein paar Eiern als Belohnung zurück.

"Jetzt aber schnell Zähne putzen, waschen und ab ins Bett!" sagte Bettina zu ihrem Sohn, der schon sehr müde war. Die vielen Aufregungen des Tages zeigten erkennbar ihre Wirkung.

Peter ging ohne Murren ins Badezimmer, was für erneutes Staunen bei Mutter und Großmutter sorgte.

"Was hast du nur mit meinem Enkel gemacht?" fragte Sybille, *"ich erkenne ihn nicht wieder."*

Georg gab die Antwort in Form eines Lächelns.

"Vielen Dank, lieber Georg, dass du mit Peter angeln warst. Damit hast du ihm eine große Freude gemacht!"

"Und nicht nur ihm!" pflichtete Sybille bei.

Als Peter seine Abendtoilette erledigt hatte, wünschte er allen eine gute Nacht und flüsterte Georg noch zu: *"Du vergisst es nicht?"*

"Nein", flüsterte Georg zurück, *"ich vergesse es nicht! Versprochen!"*

Als Peter in seinem Zimmer verschwunden war, fragte Sybille, welche den Inhalt der geflüsterten Antwort von Georg gehört hatte:

"Was sollst du nicht vergessen?"

Georg erzählte nun den beiden Frauen von Peters Herzenswunsch. Ihm war nicht sonderlich wohl dabei, als er das tat, befürchtete er doch eine heftige Reaktion seitens Sybille.

"Was meinst du, Mamschi?" fragte Bettina ihre Mutter. Es ging ja auch darum, dass ein bisher fremder Mensch die Stelle von Opa Hans einnehmen sollte.

"Die Frage ist doch vielmehr, wie Georg dazu steht!" antworte Sybille.

Mit dieser Antwort hatten weder Bettina, noch Georg gerechnet.

"Grundsätzlich wäre ich damit einverstanden", sagte Georg, *"und ich würde es auch sehr gern tun. Aber wäre es denn für dich in Ordnung?"*

Mit dieser Frage gab Georg den Ball an Sybille zurück, denn dass Bettina damit einverstanden wäre, lag klar auf der Hand. Schließlich hatte sie ja die Sache von Anfang an forciert.

"Es wäre für Peter sicher schön, wieder ein männliches Wesen zu haben, zu dem er aufblicken kann. Und ob der nun „Opa Georg" heißt oder nur Georg, ist dann schon egal!"

Mit dieser Charmeoffensive hatte niemand gerechnet. Begeisterung kann man sich durchaus auch anders vorstellen; aber nicht von Sybille.

"Haben wir irgendwo noch etwas zu trinken, was dem Anlass gerecht werden könnte?" fragte Bettina.

"Schau einmal in mein Nachtkästchen!" sagte Sybille, *"da könnte etwas sein!"*

Als Bettina aus dem Schlafzimmer der Mutter heraus kam, hatte sie einen wunderschönen, edlen Karton in der Hand. Sie überreichte ihn Sybille.

"Das ist ein „Hennessy Paradis" mit einer dunklen bernsteinroten Farbe und einem aromatischen Geschmack, der eine Liaison von würziger Schärfe und getrockneten Blüten eingeht!"

Die Kennerin und Liebhaberin edlen französischen Cognacs hatte gesprochen, und es war, als hätte ein Pastor von der Kanzel gepredigt.

"Wo kommt der den her?" fragte Bettina neugierig.

"Der war für die goldene Hochzeit von mir und deinem Vater geplant, und sollte bis dahin sein Dasein in meinem, vor Helligkeit geschützten, Nachtkästchen fristen!"

Es folgte betretenes Schweigen. Bettina und Georg starrten Sybille an, als ob sie ein Verbrechen begangen hätte. Und im Grunde genommen, war es zwar kein Verbrechen; aber vielleicht eine Art Sakrileg.

Sybille war im Begriff, einen Gegenstand, der für einen fast heiligen Akt gedacht war - gemeint ist das

Begehen einer Goldenen Hochzeit - für einen banalen Anlass zu missbrauchen.

"Mein Hans wäre sicher damit einverstanden, dass ein Mann, den unser geliebter Enkel Peter in sein Herz geschlossen hat, ab heute seinen Platz einnimmt. Wohlgemerkt den eines Großvaters und sonst nichts!"

Mit diesen Worten öffnete Sybille den kostbaren Tropfen aus Frankreich, und ließ ihn gefühlvoll in die Gläser rinnen. Ein Duft feinsten Aromas stieg aus den Gebinden in die Nasen der Anwesenden und verlieh der spontanen Feier einen würdigen Glanz.

"Auf den alten und auf den neuen Großvater!" sagte Sybille, und die Tränen rannen ihr über das Gesicht.

"Auf Papa, auf dich und auf Georg!" sagte Bettina, und auch ihre Augen wurden feucht.

"Auf deinen Hans, auf deine Tochter und deinen Enkel!" sagte Georg.

Als sie ihre Gläser aneinander stießen, ergänzte Sybille: *"Auf die Liebe!"* und die beidem anderen stimmten mit ein: *"Auf die Liebe!"*

"Monsieur Hennessy Paradis" erfreute sich großer Beliebtheit, und der Pegel der Flasche war gewaltig gesunken, als sich die drei Partytiger zu später Stunde "eine gute Nacht" wünschten.

"Du liebst ihn, nichtwahr?" sagte Bettina zu ihrer Mutter wenig später.

"Kann sein, kann auch nicht sein!" antwortete Sybille, *"und jetzt lass uns schlafen; ich bin müde!"*

Bettina dachte gar nicht daran die Mutter so einfach vom Haken zu lassen.

"Warum wehrst du dich so dagegen?" insistierte sie weiter, *"ist es wegen Papa?"*

"Unsinn!" antwortete Sybille barsch, *"das hat damit überhaupt nichts zu tun! Und außerdem geht dich das gar nichts an!"*

"Und ob mich das etwas angeht!" sagte Bettina bestimmt, *"ich werde nicht tatenlos zusehen, wie sich meine Mutter dem Glück entgegenstellt!"*

"Glück?" lachte Sybille, *"was heißt schon Glück. Mein Glück hieß Hans und hat mich vor langer Zeit verlassen!"*

"Also doch!" sagte Bettina, *"es hängt ja doch mit Papa zusammen!"*

"Und wenn schon; das ist Vergangenheit. Und die sollte man ruhend lassen; so heißt es!"

"Dann mach das doch endlich!" sagte Bettina, und in ihrer Stimme lag eine große Portion Vorwurf.

"Wenn das so einfach wäre", resignierte Sybille.

"Einfach ist es sicher nicht; aber sinnvoll allemal!"

"Ach Kind; ich habe Angst vor dem Unbekannten. In meinem Alter sich auf etwas Neues einzulassen, dazu braucht man viel Mut. Und den habe ich nicht!"

Jetzt war Bettina völlig überrascht. So kannte sie ihre Mutter noch gar nicht. Sybille war immer ihr großes Vorbild: stark, taff, unverwundbar, problemresistent, und gerade eben von alledem das krasse Gegenteil.

"Du, und Angst?" sagte sie, *"das glaube ich jetzt nicht!"*

Sybille sah in das erstaunte Gesicht ihrer Tochter und lächelte.

"Da schaust du aber", sagte sie, *"deine Mamschi ohne Helm und Rüstung. Jetzt bist du wohl sehr enttäuscht."*

"Aber nein!" entrüstete sich Bettina, *"eher das Gegenteil ist der Fall. Du zeigst mir, dass du auch schwach sein kannst. Das hättest du früher niemals getan!"*

"Wie auch", sagte Sybille, *"was glaubst du, was gewesen wäre, wenn ich gezeigt hätte, was wirklich in mir vorging, als die Diagnose für deinen Vater feststand?"*

"Ich weiß es nicht!" antwortet Bettina, *"aber vielleicht wäre es richtig gewesen. Ich denke, Papa und ich hätten es verstanden!"*

Sybille fing heftig an zu weinen.

"Das wollte ich nicht, Mamschi!" rief Bettina, stieg aus ihrem Bett und legte sich zu ihrer Mutter. *"Es tut mir leid; das war dumm von mir! Bitte, entschuldige!"*

"Aber nein, Kind! Wahrscheinlich hast du recht. Ich war es zu jener Zeit nicht gewohnt Schwäche zu zeigen. Das hat man mir als Kind schon beigebracht, und im Beruf war es sehr hilfreich!"

"Ich liebe dich, Mamschi!" sagte Bettina und drückte ihre Mutter ganz fest.

Ein sanftes Lächeln legte sich auf Sybilles Gesicht. Sie wischte ihre Tränen fort und sagte:

"Und du meinst wirklich, ich solle mit „Neu-Opa" Georg ein „schmutziges Verhältnis" anfangen?"

"Unbedingt!" antwortete Bettina, die erleichtert war, dass ihre Mutter nicht mehr weinte.

"Weißt du was?" fuhr sie fort, *"ich gehe jetzt hinüber und hole ihn. Dann kann er bei dir schlafen, und ich lege mich zu meinem Sohn!"*

"Untersteh dich, und ich enterbe dich noch heute Nacht!" antworte Sybille und gab ihrer Tochter einen dicken Kuss.

"Darf ich in deinem Bett bleiben, wie früher?" fragte Bettina.

"Aber nur diese eine Nacht. Und erzähle es ja niemandem!"

Die beiden Frauen schmiegten sich fest aneinander. Es würde wohl keine erholsame Nacht für den Körper werden; aber ein Festmahl für die Seele.

Nach dem Frühstück überraschte Georg Bettina mit einer Frage:

"Ich würde gern mit Peter einen Ausflug über den See machen. Aber nur, wenn du damit einverstanden bist!"

"Was hast du denn vor?" fragte Bettina etwas verunsichert.

"Ich möchte mit deinen tollen Sohn Eis essen gehen und ihn dabei etwas besser kennenlernen!"

"Und warum möchtest du das tun?" fragte Bettina weiter, weil sie den Sinn dieser Aktion nicht verstehen konnte.

"Ich mag Peter sehr", antwortete Georg, *"und ich würde künftig gern ab und zu etwas mit ihm unternehmen. Natürlich nur mit deinem Einverständnis."*

Bettina musste kurz überlegen. Natürlich hatte sie bemerkt, dass Peter sein Herz an Georg verloren hatte, und dass er förmlich aufgeblüht ist. Aber da war auch die Angst, es könnte nicht von Dauer sein.

"Wer weiß schon, wie sich die Geschichte mit Mamschi und Georg weiter entwickeln wird?" dachte Bettina. *"Und am Ende ist dann Peter der Leidtragende."*

"Ich verstehe, dass du Bedenken hast!" drängte sich Georg in Bettinas Gedanken. *"Ich habe mir nur gedacht, dass eine männliche Bezugsperson im jetzigen Alter für Peter wichtig sein könnte."*

Diese Bemerkung überzeugte Bettina endgültig, und sie stimmte dem Vorschlag zu. Sie bat Georg jedoch den Außenborder am Boot zu verwenden, denn über den See rudern wäre wohl doch etwas zu anstrengend gewesen.

Als Peter die frohe Botschaft vom geplanten Bootsausflug hörte, war sein Jubel grenzenlos. Ganz anders hingegen die Reaktion von Sybille.

Als die beiden Männer schon auf dem See waren, sagte sie zu Bettina:

"Ich weiß nicht, ob das so klug von dir war den Ausflug zu erlauben. Was ist, wenn etwas passiert?"

"Was soll den passieren?" antwortete Bettina. *"Das Wetter ist schön, Georg ist ein verantwortungsvoller Mann, und beide haben ihre Schwimmwesten an!"*

Bettina hatte die Botschaft hinter dem scheinbar sorgenvollen Einwand der Mutter sehr wohl erkannt. Das Ganze ging ihr zu schnell. Sie fürchtete sich davor, dass jemand ihren Panzer durchbrechen könnte, den sie sich - nach dem Tod ihres geliebten Gatten - zum Schutz angelegt hatte. Und dieser jemand hieß Georg, und war gerade dabei ihrem Enkel eine große Freude zu machen.

Das Leben, so wie es Sybille die letzten Jahre gelebt hatte, verlief in geordneten Bahnen und war problemlos und völlig zufriedenstellend.

Und jetzt kam dieser Mann von der Eisenbahn und spannte seine Lok vor ihren Lebenszug. Und das widerstrebte ihr gewaltig. Sie wollte ihren Lebenszug weiterhin gerne selber lenken.

"Gönne den beiden doch ihren Spaß; du wirst sehen, da wird schon nichts passieren!" sagte Bettina mit einem Lächeln und umarmte Sybille.

"Du bist die Mutter!" konnte sich Sybille nicht verkneifen zu sagen, *"es ist dein Kind, und es ist deine Verantwortung!"*

"Genau so ist es, Mamschi", sagte Bettina, und um der Diskussion, die im Grunde genommen gar keine war, ein Ende zu setzen, setzte sie nach: *"Lass uns überlegen, was wir heute zu Mittag kochen!"*

"Fisch, natürlich; was sonst!" antwortete Sybille lachend, in Anspielung auf den vorabendlichen Beutezug der beiden Helden.

Georg und Peter waren etwa in der Mitte des Sees angelangt, als Georg den Motor abstellte.

"Ist was mit dem Motor?" fragte Peter besorgt.

"Nein, mein Junge", sagte Georg, *"ich möchte mit dir ein Gespräch führen. So von Mann zu Mann. Wir haben es ja nicht eilig, oder?"*

Peter schüttelte zum Zeichen seines Einverständnisses seinen Kopf.

"Und über was sollen wir reden?" fragte Peter neugierig, der es sichtlich genoss, ein Gespräch unter Männern zu führen.

"Über alles, was du willst", antwortete Georg, *"was dich so beschäftigt, über die Schule, über deinen Vater!"*

"Über den gibt es nichts zu reden. Auf den bin ich ziemlich böse; der hat meine Mama verlassen!" sagte Peter in einem aggressiven Tonfall.

"Aber dich doch auch!" sagte Georg.

"Ja, schon!" antwortete Peter, *"aber mir macht das nichts aus!"*

"Und deiner Mama?"

"Der schon!" antwortete Peter, leicht gedämpft, *"die ist oft traurig, und dann tröste ich sie."*

"Das ist ganz toll von dir!" sagte Georg, *"deine Mama hat großes Glück, dass sie dich hat!"*

Peter nickte, und Georgs Zuneigung zu dem kleinen Mann nahm ein großes Stücke zu.

"Du glaubst also, dass dein Papa böse ist, weil er euch verlassen hat!" sagte Georg und Peter nickte abermals.

"Das versteh ich", fuhr Georg fort, *"weil ich auch schon einmal verlassen worden bin!"*

"Was? Du auch?" fragte Peter erstaunt.

"Ja!" antwortet Georg, *"sogar zweimal!"*

"Oje", sagte Peter, *"da warst du sicher ziemlich sauer!"*

"Ich war eher traurig", sagte Georg, *"aber böse war ich nicht!"*

Peter schaute Georg verständnislos an.

"Aber da muss man doch böse sein!" warf er ein.

"Ich finde nicht!" sagte Georg, *"traurig sein genügt da völlig!"*

Peter dachte lange über die Antwort seines neuen Opas nach. Was er bisher mit ihm erlebt hatte, ließ ihn fest davon ausgehen, dass er auf seiner Seite wäre, und dass er ihn wohl kaum belügen würde.

"Als dein Papa euch verlassen hat", sagte Georg weiter, *"warst du da manchmal traurig?"*

"Ja, schon!" antwortete Peter.

"Und hast du auch manchmal geweint?"

Peter sah sich in einer Zwickmühle. Weinen ist ja an und für sich eine Angelegenheit für Mädchen. Und Oma Sybille hat ihm das auch einmal gesagt oder so ähnlich.

Natürlich hat er manchmal geweint; oft sogar. Aber immer heimlich, wenn es keiner hören konnte. Und nun fragte ihn Opa Georg, ob er geweint hätte. Lügen oder die Wahrheit sagen, das war jetzt die Frage.

Georg, der bemerkt hatte, dass Peter gerade einen inneren Kampf zu bewältigen hatte, baute ihm eine Brücke.

"Weißt du, mein Lieber, was der größte Quatsch ist?" fragte er Peter, und schaute ihn dabei bedeutungsvoll an. *"Dass Männer nicht weinen! Ich habe damals geheult wie ein Schlosshund, als ich verlassen wurde!"*

Das war natürlich eine faustdicke Lüge; aber sie war Mittel zum Zweck. Traurig war er damals schon, als er verlassen wurde, zumindest beim ersten Mal, aber geweint hatte er nicht.

"Auf dem Meer ist man in Gottes Hand, und jeglicher Lüge fern; lautet ein seemännischer Spruch!"

Ein Spruch war es wohl, den Georg zitierte; aber er war weder seemännisch noch wahr. Er wollte damit lediglich seinem jungen Freund aus einer misslichen Lage helfen.

"Manchmal habe ich schon geweint; aber nicht oft!" schränkte Peter sein Geständnis ein.

"Und hast du dich hinterher besser gefühlt?" fragte Georg, *"oder vielleicht leichter?"*

"Ich denke schon!" antwortete Peter.

"Siehst du", sagte Georg, *"traurig sein tröstet, und böse sein schafft nur Unfrieden im Herzen!"*

"Woher weißt du das alles?" fragte Peter höchst beeindruckt von seinem Opa. *"Hast du das gelernt? In der Schule vielleicht?"*

"In der Schule lernt man andere Dinge!" antwortete Georg, *"diese Dinge hat mir das Leben beigebracht!"*

Und wieder brauchte Peter Zeit zum Nachdenken. Dann fragte er:

"Du meinst also, ich solle auf meinen Papa nicht mehr böse sein?"

"Das musst du selbst entscheiden!" antwortete Georg. *"Überlege, was dir wohler tut: traurig sein oder böse sein?"*

Peter dachte nicht lange nach, und mit einem freudigen Gesicht antwortete er: *"Ich glaube, traurig sein!"*

"Das ist eine gute Wahl!" sagte Georg, *"ich gratuliere dir herzlich! Und jetzt steht eine weitere schwere Entscheidung an: welches Eis werden wir gleich speisen?"*

"Das ist überhaupt keine schwere Entscheidung!" lachte Peter: *"Schokolade, Vanille und Himbeere!"*

"Dann Anker los und volle Fahrt voraus!" sagte Georg, und lenkte das Boot in Richtung Eissalon am anderen Ufer.

Als die Ausflügler zurückkamen, wurden sie schon sehnsüchtig erwartet.

"In einer Viertelstunde gibt es Essen!" rief Sybille laut aus der Küche heraus, noch bevor Bettina die Frage stellte, die ihr schon sehr auf den Lippen brannte.

"Und? Wie war es?"

Die Antwort kam von Peter, obwohl Bettina die Frage mehr an Georg gestellt hatte.

"Es war prima", sagte Peter, *"wir haben wichtige Männergespräche geführt!"*

"Aha", sagte Petra, die sich zunächst so gar nichts darunter vorstellen konnte. *"Und was ist dabei herausgekommen?"* setzte sie nach.

"Dass traurig sein viel besser ist als böse sein!"

Bettina schaute ihren kleinen Liebling voller Erstaunen an und sagte dann: *"So ganz verstehe ich das nicht; kannst du mir das näher erklären?"*

"Aber Mama", sagte Peter, *"das ist doch ganz einfach!"*

Und dann erklärte der Sohn seiner Mutter, dass traurig sein Frieden im Herzen bringt, und böse sein Unfrieden schafft. Am Ende aber überraschte er die Anwesenden mit den Worten: *"Und auf Papa bin ich ab sofort nicht mehr böse!"*

Sybille, die aus der Küche gekommen war, blieb der Mund ebenso offen stehen, wie Bettina, die ihren Sohn mit großen Augen ansah.

Dann wanderte ihr Blick zu Georg, und der Blick spiegelte ein tausendfaches Dankeschön wider für das, was Georg an ihrem Sohn vollbracht hatte. Bisher war der Vater ein übermächtiges Feindbild, das Peter mit sich herum schleppte, und was Bettina gar nicht gefallen hatte.

"Was hast du denn mit Peter gemacht?" fragte Sybille, welche den Ausführungen ihres Enkels mit äußerstem Erstaunen gefolgt war.

"Eis gegessen!" kam die lapidare Antwort von Georg, begleitet von einem Augenzwinkern, *"und nicht zu knapp!"*

"Dann habt ihr jetzt wohl keinen Appetit mehr auf gebratenen Fisch?" fragte Sybille besorgt.

"Und ob", sagte Peter, *"wir haben einen Bärenhunger; nicht wahr Opa?"*

Den Zusatz „Georg" hinter dem „Opa" hatte Peter schon nach ihrem Männergespräch abgelegt. Er begnügte sich mit „Opa", und die anderen würden sich in Hinkunft wohl auch damit begnügen müssen.

Am späten Nachmittag wurde dann die Rückfahrt angetreten. Georg versprach seinem neuen Enkelsohn Peter, dass er sich in Bälde bei ihm melden würde.

Die Fahrt verlief lange Zeit schweigend. Sybille sah zu Georg, der gedankenversunken neben ihr saß, und fragte dann:

"An was denkst du?"

"Ich muss an Peter denken", antwortete Georg, *"er ist so ein lieber Junge, der Argumenten zugänglich ist, was Erwachsene oft vermissen lassen!"*

Sybille überlegte kurz, ob sie vielleicht damit gemeint sein könnte, verwarf aber den Gedanken und sagte stattdessen:

"Der Junge liebt dich!"

Georg lächelte. Er wusste nicht, ob das ein Vorwurf war oder vielleicht doch mehr ein Kompliment. Der Tonfall des Gesagten war zu indifferent, als dass man es klar hätte erkennen können. Er beließ es bei einem: *"Ich mag ihn auch sehr!"*

"Und wie stellst du dir vor, dass es weitergeht?" fragte Sybille, den Blick strikt geradeaus auf die Straße gerichtet.

Georg sah Sybille an. Er liebte diese Frau mehr, als es ihm recht war. Ihm war bewusst, dass die Beziehung mit Sybille über den Status einer Freundschaft niemals hinausgehen würde. Und das tat weh. Er hätte diese Frau gern besessen, er hätte gern sein restliches Leben mit ihr verbracht. Aber dazu würde Sybille zu keiner Zeit „JA" sagen.

"Darüber habe ich mir noch keine Gedanken gemacht!" kam Georg auf Sybilles Frage zurück. *"Das wird sich schon irgendwie entwickeln. Und das hängt ja wohl auch zu einen großen Teil von dir und Bettina ab!"*

Sybille sagte nichts mehr. Für den Augenblick begnügte sie sich mit Georgs Antwort.

"Die Dame erwartet Sie schon!" sagte der Portier des Hotels, in dem sich Georg wenige Tage später mit einem Mitglied vom Dating-Portal verabredet hatte.

Georg bedankte sich und fuhr mit dem Fahrstuhl hinauf. Auf dem Weg zu Zimmer 137 ging ihm vieles durch den Kopf. Etwas war anders als die vielen Male davor. Georg war weder aufgeregt noch in Stimmung. Er war kurz davor umzudrehen, wollte aber die Frau, die ihn erwartete, nicht brüskieren.

"Hallo Thomas!" begrüßte ihn eine Frau, die um einiges jünger war als er. Georg hatte sich schon bei der Verabredung darüber gewundert, dass eine so junge Frau sich mit ihm treffen wollte.

"Guten Tag, Sabine!" begrüßte Georg die Frau, die nicht nur jung war, sondern zudem auch noch sehr hübsch.

Sabine hatte sich bereits entkleidet und lag im Bett. Georg zog sich ebenfalls aus, und legte sich zu ihr. Irgendetwas schien ihm seltsam. Die anderen Damen boten ihre Körper immer offen an und meist bekleidet mit verführerischen Dessous. Sabine hingegen war unter der Bettdecke, die sie bis zum Hals hinauf gezogen hatte, völlig nackt.

Als Georg sie zärtlich berühren wollte, zuckte Sabine erschreckt zusammen.

"Was hast du?" fragte Georg.

"Nichts!" antwortete Sabine, und wurde rot. *"Ich habe mich nur erschrocken!"*

"Möchtest du vielleicht vorher noch etwas trinken?" fragte Georg.

"Ja, bitte; das wäre nett!" antwortete Sabine.

"Und was möchtest du gern?" fragte Georg.

"Einen Tee mit Zitrone, bitte!"

Jetzt kannte sich Georg überhaupt nicht mehr aus. Zuerst das eigenartige Verhalten seiner Bettgespielin, und dann auch noch der sehr befremdliche und dem Anlass unübliche Getränkewunsch.

"Vielleicht ist sie ja nur ein wenig verkühlt", dachte Georg, nahm den Hörer ab und bestellte beim Portier das gewünschte Getränk. Georg musste seine Bestellung wiederholen, weil der Portier glaubte sich verhört zu haben.

Der Tee wurde serviert und Sabine trank ihn, Schluck für Schluck und ohne besondere Hast.

"Fühlst du dich jetzt besser?" fragte Georg, welcher der Teezeremonie geduldig beigewohnt hatte.

"Ja; vielen Dank!" antwortete Sabine.

"Das freut mich", sagte Georg, *"dann können wir uns jetzt ja dem eigentlichen Zweck unseres Treffens zuwenden."*

Sabine nickte.

"Bevorzugst du etwas Bestimmtes?" fragte Georg, denn Sabine hatte keines der diesbezüglichen Felder im Fragebogen ausgefüllt.

"Nein", sagte Sabine, *"ist mir völlig egal!"*

"Na gut", sagte Georg, *"dann darfst du dir etwas wünschen!"*

"Mach du!" entgegnete Sabine, und Georgs Geduld zeigte schon langsam Ermüdungserscheinungen. *"Was ist nur los mit der Frau?"* fragte er sich, *"irgendetwas stimmt da nicht..."*

Und dann kam ihm ein schrecklicher Verdacht.

"Hast du das schon einmal gemacht oder ist das heute das erste Mal?"

Sabine, die sich erwischt fühlte, fing an zu weinen.

"Ich habe das noch nie zuvor gemacht, und eigentlich will ich das auch gar nicht!" schluchzte sie.

"Und warum in Dreiteufelsnamen machst du das dann?" fragte Georg unwirsch, dem die ganze Angelegenheit plötzlich sehr peinlich war. Er kam sich vor wie ein Vergewaltiger, obwohl er das keinesfalls war.

"Weil ich einen Vater für mein Kind suche!"

Georg war kurz davor zu explodieren.

"Bist du noch zu retten?" fuhr er Sabine an, *"glaubst du allen Ernstes über ein Dating-Portal für Sexsüchtige einen Vater für dein Kind zu finden?"*

Als er sich das sagen hörte, durchzuckte es ihn wie ein Blitz. Er hatte sich soeben, ohne sich dessen bewusst zu sein, selbst als sexsüchtig bezeichnet.

"Bin ich das wirklich?" fragte er sich, *"und wenn, ist das normal oder bin ich krankhaft veranlagt..."*

"Es tut mir leid" hörte er Sabine sagen, *"bitte verzeihen Sie! Ich schäme mich so!"*

Sabine hatte die Hände vor ihr Gesicht gehalten, und dass sie vom „Du" zum „Sie" gewechselt war, berührte Georg sehr.

"Nein, ich muss mich entschuldigen, dass ich Sie so angefahren habe! Das war unangebracht und rücksichtslos; es tut mir leid!"

Georg, der ebenfalls zum „Sie" gewechselt war, sah Sabine versöhnlich an und sagte:

"Wissen Sie was? Ich drehe mich um, und Sie ziehen sich an. Dann gehen Sie in das kleine Café, direkt gegenüber, und dort warten Sie auf mich. Einverstanden?"

"Ja!" hauchte Sabine dankbar mit ihrer tränendurchweichten Stimme. *"Vielen Dank!"*

Etwas später saßen sich die beiden gegenüber und Georg, der Sabine seinen richtigen Namen genannt hatte, lauschte der Lebensgeschichte einer jungen Frau, vor der das Glück bisher davon gerannt war.

Mitten im Studium schwanger geworden und aus dem Elternhaus gejagt, hat sie eine Freundin auf die Schnapsidee mit dem Dating-Portal gebracht.

"Schnapp dir dort einen älteren, gut situierten Herrn, der für dich und das Kind sorgen kann. Vielleicht kannst du dann sogar dein Studium noch beenden!"

Das war der sicher wohlgemeinte, jedoch völlig hirnverbrannte Vorschlag der Freundin.

Sabines Vater war Doktor der Medizin in dritter Generation, und Mitglied des Stadtrates. Zu einem Sohn hatte es nicht "gereicht", und daher sollte das liebe Töchterlein die Tradition fortführen.

Die außerplanmäßige und zudem völlig deplatzierte Schwangerschaft machte dieses Konzept zunichte, und zog den Verstoß aus dem Familienverband nach sich.

"Ich kenne Ihren Vater nicht persönlich, weiß aber sehr wohl, wer er ist!" sagte Georg, der den Namen des Herrn aus der Presse kannte, wo er gelegentlich mit irgendwelchen Beiträgen sein Ego aufpolierte.

"Mit Ihrem Einverständnis werde ich Ihren Herrn Papa aufsuchen und mit ihm reden!" sagte Georg.

"Das würden Sie für mich tun?" fragte Sabine, *"und was wollen Sie ihm denn sagen?"*

"Die Wahrheit natürlich!" antwortete Georg.

"Um Gottes willen, nein!" rief Sabine laut, dass sich die anderen Gäste im Café umdrehten.

"Keine Angst, meine Liebe", sagte Georg beruhigend, *"ich werde die Wahrheit so verpacken, dass sie leichter verdaulich ist! Oder wollen Sie so weitermachen?"*

"Nein", sagte Sabine kleinlaut, *"das möchte ich keinesfalls!"*

"Sehen Sie", sagte Georg, *"das habe ich doch gewusst! So eine Frau sind Sie nicht!"* Und nach einer kleinen Pause: *"Und jetzt möchte ich ein Bild sehen von dem kleinen Fräulein oder dem kleinen Mann, für den die Mutter bereit ist alles zu tun!"*

Sabine holte ein Bild aus ihrer Geldtasche und reichte es Georg.

"Ein Mädchen", sagte Georg, *"und ein hübsches noch dazu!"*

"Warum tun Sie das für mich?" fragte Sabine und ihre Augen wurden feucht. *"Ich bin doch wildfremd für Sie und in Ihren Augen sicher eine dumme Gans!"*

"Wildfremd nur bedingt; denn inzwischen weiß ich ja schon einiges über Sie. Aber dumme Gans - nein!

Ich bin vor ein paar Tagen Großvater geworden, und ich bin der Meinung, dass das ein wunderbares Geschenk ist. Und das muss ich Ihrem Vater unbedingt beibringen. Und glauben Sie mir, es wird mir auch gelingen!"

"Darf ich Sie umarmen?" fragte Sabine, in deren Augen sich die Tränen zusehends in Freuden- und Hoffnungstränen gewandelt hatten.

"'Wenn Ihnen danach ist!" sagte Georg mit einem Lächeln.

"Sehr sogar!" sagte Sabine, *"und bitte duzen Sie mich!"*

"Mache ich; wenn du das auch machst!"

Am übernächsten Tag betrat Georg die Praxis des Herrn Dr. Wohlfahrt in einem der nobelsten Stadtbezirke und überreichte der Dame im Vorzimmer seine Visitenkarte

**Dr. theol. Georg Behr
Im Gartenweg 28
28717 Bremen**

mit den Worten: *"Bitte, melden Sie mich dem Herrn Doktor in einer dringenden, privaten Angelegenheit!"*

Die Dame verschwandt, und als sie zurück kam, verkündete sie leicht unterkühlt: *"Der Herr Doktor lässt bitten!"*

Was der Herr Dr. Georg Behr dem Herrn Dr. Rolf Wohlfahrt hinter verschlossener Tür zu sagen hatte, war so sehr intim, dass es hier nicht widergegeben werden kann. Wohl aber das Ergebnis!

Schon am nächsten Tag bekam Georg einen Anruf von einer überglücklichen, jungen Frau, die mit ihrer Tochter in den Schoß der Familie zurückgekehrt war.

Und am Tag darauf bekam Georg schon wieder einen Anruf; aber diesmal von einer aufgebrachten Freundin.

"Komme bitte am Nachmittag in unser Café. Ich denke, 16:00 Uhr müsste passen!"

"Aber wir sehen uns doch morgen sowieso zu unserem Jour fixe", versuchte Georg das Unheil hinauszuschieben. Er wusste nicht wie, aber dass Sybille etwas in Erfahrung gebracht haben musste, stand außer Zweifel.

"Nein heute!" sagte Sybille bestimmt, und Georg hörte sogar das, was gar nicht ausgesprochen wurde: *"Das ist nicht verhandelbar!"*

Als Georg, pünktlich wie immer, das Café betrat, hatte die „Inquisition" schon Platz genommen. Er wollte Sybille wie immer begrüßen, scheiterte aber bei dem Versuch.

"Setz dich!" sagte, nein, befahl Sybille, und sie hatte den üblichen, höflichen Zusatz „bitte" bewusst weggelassen.

Georg tat, wie ihm befohlen worden war und harrte der Dinge, die da kommen sollten.

"Was hast du dir dabei gedacht, Herr Doktor?" sagte Sybille und auf ihrer Stirn trat eine kleine, jedoch gut erkennbare Zornesader sanft hervor.

"Du hast mich lächerlich gemacht, weißt du das?"

Georg wartete vorsichtig ab, ob nicht noch etwas nachkommen würde, und als das nicht geschah, trat er seine Verteidigung an.

Nicht, dass er sich in irgendeiner Weise schuldig gefühlt hätte, aber dass er in diesem Moment trotzdem auf der Anklagebank saß, war unumstritten.

Sybille war Staatsanwalt und Richter in Personalunion und Georg war der verurteilte Verbrecher, noch vor Abhaltung eines Plädoyers des nicht vorhandenen Verteidigers.

"Ich wüsste nicht, auf welche Art und Weise ich dich lächerlich gemacht haben sollte!" begann Georg seine Rechtfertigung, die im Grunde genommen jeder Grundlage entbehrte. Das zumindest glaubte Georg, bevor Sybille ihm eine Eröffnung machte, die ihn staunen ließ.

"Heute Vormittag rief mich Rolf an, um mir zu sagen dass mein Freund, der Lokomotivführer Georg Behr einen Doktortitel hat, und das auch noch in Theologie!" ereiferte sich Sybille.

"Ich bin in Grund und Boden versunken!" setzte sie nach, *"was für eine Blamage!"*

"Halt, halt!" sagte Georg, *"ich verstehe nur Bahnhof! Wer ist Rolf, und was hat das alles zu bedeuten?"*

"Du weißt genau, wer das ist!" sagte Sybille, *"Herr Dr. Rolf Wohlfahrt!"*

"Ach der", sagte Georg, *"aber was hast du mit dem zu tun?"*

"Er ist unser Hausarzt und Mitglied im Rotaryklub!"

"Und wieso weiß er, dass wir uns kennen?" fragte Georg.

"Weil ich ihm von dir erzählt habe!" antwortete Sybille mit etwas reduzierter Lautstärke. Dafür drehte Georg jetzt etwas lauter auf.

"Und wieso erzählst du diesem Herrn von mir, und bei welcher Gelegenheit? Vielleicht bei einem Treffen im Klub unter Gleichgesinnten. Und wie war der Titel der Geschichte? Die feine Dame aus der Gesellschaft und der Lokomotivführer als Underdog?"

Georg nützte die Gunst des Augenblicks und stand abrupt auf.

"Ich werde jetzt gehen, und ich werde mir in Ruhe überlegen, ob wir uns überhaupt jemals wiedersehen werden!"

Georg legte einen Geldschein auf den Tisch, der mehr als genügend war, um die Zeche zu begleichen und verließ das Café. Zurück blieb eine völlig derangierte Dame, der sich gerade der Boden unter ihren Füßen auftat.

"Mein Gott", sagte sie zu sich selbst, *"was habe ich getan?"*

Vor dem Café stand ein Mann, blickte hinauf in den sonnenerfüllten, blauen Himmel und sagte zu sich:

"Diese Runde geht klar an mich!"

Georg war kaum zuhause, als das Telefon läutete. In der festen Überzeugung, eine reumütige Sybille am anderen Ende zu haben, nahm er das Gespräch entgegen.

"Hallo, Georg, wie geht es dir?" Es war Bettina, die ihn anrief.

"Danke, es geht mir gut!" antwortete Georg, und war sich sicher, dass Sybille wohl dahinter steckte.

"Sag, hättest du morgen Nachmittag ein wenig Zeit? Peter fragt immer wieder, wann der Opa endlich kommt. Und da dachte ich, ich frag einfach einmal nach. Vielleicht hast du Lust auf Kaffee und Kuchen?"

"Mit Oma Sybille?" fragte Georg, der den Braten zu riechen glaubte.

"Ist so nicht geplant", antwortete Bettina, *"aber ich könnte sie ja fragen, wenn du das möchtest!"*

"Nein, nein", wehrte Georg ab, *"nur wir drei, das gefällt mir gut!"*

"Da habe ich mich aber gründlich geirrt", dachte Georg und schämte sich fast ein wenig, dass er Bettina so etwas unterstellt hatte.

"Fein; sagen wir morgen, 15:00 Uhr. Ist das in Ordnung für dich?"

"Passt mir ausgezeichnet", antwortete Georg, *"ich freue mich schon sehr darauf Peter wiederzusehen, und dich natürlich auch!"*

"Schön! Also dann bis morgen!"

"Bis morgen, und vielen Dank für die Einladung!"

Georg wartete noch den ganzen Abend und den nächsten Vormittag auf Sybilles Anruf; aber es kam keiner. Er wunderte sich sehr, zumal ja der „Jour fixe" vor der Türe stand.

Am Nachmittag besorgte er einen schönen Strauß Blumen für Bettina und für Peter ein Angel-Simulationsspiel für den Computer.

"Der ist aber schön!" sagte Bettina und nahm den Blumenstrauß in Empfang.

"Komm bitte weiter, und mache es dir bequem. Ich stelle nur noch schnell die Blumen in die Vase!"

Georg ging weiter in das Wohnzimmer und setzte sich nieder. Bettina kam mit der Vase zurück und stellte sie auf den Tisch.

"Wo ist denn Peter?" fragte Georg, der überrascht war, dass er nicht von seinem Enkel empfangen worden war.

*"Der sitzt oben in seinem Zimmer, und macht seine Hausaufgaben noch schnell fertig.
Ich finde es sehr wichtig, dass Peter immer erst seine Hausaufgaben macht, wenn er aus der Schule kommt und gegessen hat.
Er wird aber gleich herunter kommen!"*

Georg stimmte diesbezüglich mit Bettina nicht überein, sagte aber nichts, und begnügte sich mit der Erklärung.

"Es ist mir aber nicht unrecht, dass ich dich alleine habe", fuhr Bettina fort, *"denn ich möchte dich etwas fragen!"*

"Also doch!" dachte Georg, *"Sybille steckt ja doch dahinter!"*

"Hat dich deine Mutter angerufen?" fragte er Bettina, und Bettina antwortete: *"Ja, sie hat!*

"Und jetzt sollst du vermitteln!" sagte Georg.

"Nein", sagte Bettina zur großen Überraschung Georgs, *"ich wollte dich nur fragen, was es mit dem „Doktortitel" auf sich hat!"*

Georg sah Bettina lange ins Gesicht. Sybilles Tochter war so ganz anders als die Mutter, sie war geradlinig, offen und angenehm sanft. Er mochte Bettina sehr. Und so beschloss er sein Geheimnis zu lüften.

Die leidige Visitenkarte, welche den Stein ins Rollen gebracht hatte, sollte lediglich als Mittel zum Zweck für eine gute Sache dienen. Dass der geläuterte Herr Dr. Wohlfahrt ausgerechnet mit Sybille dem gleichen Klub verhaftet war, konnte ja keiner ahnen.

"Das ist aber eine lange Geschichte!" begann Georg, und dann erzählte er, dass er schon als Junge „gottaffin" war, und dass er Pfarrer werden wollte.
Dieser Berufswunsch hat sich aber mit zunehmendem Erwachsenwerden wieder verflüchtigt.
Als seine erste Ehe gescheitert war, und er in ein tiefes Loch gefallen war, begann er sich wieder mit Gott und der Religion zu beschäftigen. Und aus - bis heute nicht nachvollziehbaren Gründen - beschloss er Theologie zu studieren.
Als er jedoch im Verlauf seines Studiums feststellte, dass sich ihm immer mehr Fragen auftaten, anstatt Antworten zu erhalten, wich er von diesem Weg wieder ab. Er studierte dennoch zu Ende, und machte sogar seinen Doktor.

Jetzt sei er zwar Doktor der Theologie, aber weit weg von Kirche und jedweder Doktrin. Und seine Graduierung läge gut verschlossen in einer Schublade, und dort solle sie auch bleiben.

Bettina hatte aufmerksam zugehört, und ihre Bewunderung für diesen Mann, die schon seit dem Aufenthalt am See sehr groß war, wuchs um ein weiteres Stück.

"Und warum hast du das meiner Mutter nicht so erklärt?" fragte sie Georg.

"Weil ich mich fürchterlich darüber geärgert habe, dass sie meine Beziehung zu ihr vor diesem hochnäsigen Schnösel von Doktor ausgebreitet hat, wie ein Teppichhändler seine Teppiche im Bazar. Nur dass der Bazar der Rotaryklub war!"

Bettina lachte, und noch bevor sie etwas sagen konnte, sagte Georg: *"Ich werde es deiner lieben Mutter demnächst auch erklären!"*

"Das wird nicht nötig sein; denn ich habe alles mitgehört!"

Die Verbindungstür zum Esszimmer war aufgegangen und Sybille trat ein. Sie hielt Peter bei der Hand, der sofort auf Georg zustürzte.

"Opa, Opa", rief er, *"ich freue mich so, dass du da bist!"*

"Ich freue mich auch, mein Lieber!" sagte Georg kurz, drehte sich dann aber sofort zu Bettina um.

"Das ist ein Komplott!" sagte er leicht empört. *"Ihr habt euch gegen mich verschworen!"*

Die Situation, die sich ergeben hatte, war für alle schwierig und schaffte eine gewisse Betretenheit.

Dann geschah etwas, was alle in großes Erstaunen versetzte. Sybille kniete vor Georg nieder, faltete ihre Hände wie zu einem Gebet und sagte:

"Es tut mir sehr leid, was ich getan habe. Es war dumm und falsch. Ich entschuldige mich in aller Form bei dir, und ich hoffe, dass du meine Entschuldigung annimmst!"

Peter amüsierte sich köstlich, als er seine Großmutter vor Georg knien sah. Für ihn war es ein Riesenspaß.

Für die beiden Erwachsenen war es zutiefst berührend. Bettina gab sich ganz dem Erstaunen über ihre Mutter hin, der sie solches niemals zugetraut hätte, und Georg bückte sich nieder, um Sybille zum Aufstehen zu animieren.

"Was machst du denn da?" sagte er verunsichert. *"Bitte, steh auf!"*

"Aber nur, wenn du mir verzeihst!" sagte Sybille in bekannt gewohnter Manier, und ein charmantes

Lächeln unterstrich ihr Bewusstsein, wieder einmal als Sieger vom Platz zu gehen.

"Aber ja doch!" sagte Georg, *"du bist wirklich unmöglich!"*

"Da stimme ich dir uneingeschränkt zu!" stimmte Bettina mit ein. *"Ich hoffe jedoch, dass du mir die kleine Schwindelei verzeihst. Aber Mutter war am Telefon so verzweifelt, dass ich etwas unternehmen musste. Verzeihst du mir auch?"*

Bevor Georg antworten konnte, kam der Einwand von Sybille: *"Du übertreibst maßlos, mein Kind! Ich war nicht verzweifelt; höchstens in Sorge!"*

Georg nickte Bettina zu, und Bettina konnte nicht anders, als Georg zu umarmen und ihm einen Kuss zu geben.

"Gibt es hier jetzt endlich Kaffee und Kuchen oder muss ich ins Caféhaus gehen", unterbrach Sybille auf rustikale Art die zärtliche Geste ihrer Tochter.

Und Peter fragte in seiner ganzen kindlichen Unschuld:: *"Hast du mir etwas mitgebracht, Opa?"*

Georg übergab Peter sein Geschenk, nachdem ihm die Mutter eindringlich bedeutet hatte, dass man so etwas nicht tut. Georg schwächte ab, Peter freute sich über sein Geschenk, die Großmutter lächelte, und dann gab es endlich Kaffee und Kuchen.

Sybille konnte es sich nicht verkneifen, im Verlauf des Nachmittags zu bemerken, dass der Jour fixe nun doch noch eingehalten worden war; trotz aller Widrigkeiten.

Als Georg am Abend wieder zuhause war, holte er sich eine Flasche „Merlot" aus dem Keller und goss sich ein Glas ein. Er hielt das Glas gegen das Licht und ihm kam plötzlich in den Sinn, dass Sybille ebenso undurchsichtig war, wie der rubinrote Wein im Glas.

Sie liebten sich zweifelsohne, aber sie waren kein Liebespaar, und sie würden wohl nie eines sein.

Ihm kam das Bild wieder vor Augen, wie Sybille vor ihm niederkniete. Es war, als kniete Jeanne d'Arc vor Karl VII. bei seiner Krönung in Reims. Und dabei trug Sybille ebenso eine Rüstung wie damals die Jungfrau von Orléans, nur mit dem kleinen Unterschied, dass ihre Rüstung unsichtbar war.

Georg lehnte sich zurück, zündete sich eine Zigarette an und nippte genüsslich an seinem Wein. Er hatte sich im Lauf der Jahre eine kleine Sammlung edler Weine zugelegt, vornehmlich Rotweine, und vergönnte sich ab und zu eine Flasche. Und wieder dachte er an Sybille, und wie schön es sein könnte, dieses Vergnügen gemeinsam zu begehen.

Er musste an Peter denken, den jungen Mann, der ihn vorbehaltlos vereinnahmt hatte, und was ihn sehr glücklich gemacht hatte. Egal, wie sich das mit Sybille weiterhin gestalten würde, Peter und seine

Mutter würden ihm bleiben; dessen war sich Georg gewiss.

Gleich am nächsten Morgen rief Georg einen alten Freund und ehemaligen Kollegen, Franz Klinger an. Er hatte mit ihm vor vielen Jahren gemeinsam die Ausbildung zum Lokführer gemacht, und die Freundschaft hatte sich erhalten, auch wenn sie nur sporadisch praktiziert wurde.

Franz hatte sich einer Gruppe mit dem vielsagenden Namen „Die Schienenputzer" angeschlossen, welche die alte Tradition des Dampfeisenbahn hegten und pflegten.

Sie hatten eine alte, stillgelegte Eisenbahnstrecke wieder aktiviert, und fuhren jetzt an Wochenenden mit einer alten Dampflok und fünf Waggons Touristen spazieren. Die Nachfrage war groß und Franz ging völlig in seinem Hobby auf.

Georg fragte Franz, ob er mit einem Jungen, seiner Mutter und seiner Großmutter wohl mitfahren könne.

Franz war fast beleidigt, als Georg ihn das fragte.

"Das ist doch wohl überhaupt keine Frage!" antwortete Franz. *"Ich freue mich, wenn wir uns einmal wiedersehen. Sage mir nur wann, und ich reserviere für euch die schönsten Plätze!"*

"Ich hätte da aber noch eine kleine Bitte", sagte Georg, *"glaubst du, dass der Junge bei dir auf der Lok mitfahren könnte?"*

"Das kommt darauf an, wie alt der Junge ist!" antwortete Franz.

"Acht Jahre, demnächst neun!" antwortete Georg, *"und er ist ein lieber und wohlerzogener Junge!"*

"Dann sehe ich da kein Problem!" sagte Franz, *"vor allem, wenn du mit auf dem Bock bist!"*

"Ich müsste mich aber um die beiden Damen kümmern!" wand Georg ein. *"Wäre das für dich in Ordnung?"*

"Aber ja", sagte Franz, *"aber nur, wenn wir uns vorher einmal sehen. Es ist schon viel zu lange her, dass wir zusammen gesessen sind!"*

"Das würde mich sehr freuen!" antwortete Georg. *"Sage mir, wann du Zeit hast. Ich habe ja immer Zeit, im Gegensatz zu dir!"*

Franz musste lachen. *"Abgemacht!"* sagte er. *"Ich melde mich in den nächsten Tagen!"*

"Vergiss es aber nicht!" sagte Georg. *"Und danke, alter Freund."*

Der nächste „Jour fixe" verlief wieder in geordneten Bahnen: Café und Croissant - *"the same procedure as every Friday."*

Georg erzählte Sybille von seinem Freund Franz und dessen Hobby, und von der Möglichkeit einer besonderen Fahrt mit der Eisenbahn.

"Das ist ja wunderbar!" schwärmte Sybille und sah ihren Freund mit einem warmen Blick an, den Georg noch nie zuvor bei ihr gesehen hatte.

"Das wäre doch perfekt für Peters Geburtstag!"

Georg horchte auf. Er hatte zwar Franz am Telefon gesagt, dass Peter demnächst neun Jahre alt werden würde, jedoch ohne wirklich zu wissen, wann Peter Geburtstag hat.

"Wann hat Peter denn Geburtstag?" fragte Georg besorgt, wohl wissend, dass die Dampflok nur am Wochenende ihre Fahrten unternimmt.

"Übermorgen in zwei Wochen!" antwortete Sybille.

"Das ist ja dann an einem Sonntag!" atmete Georg erleichtert auf.

"Das hast du völlig richtig erkannt!" scherzte Sybille. *"Was bist du doch für ein kluges Kerlchen!"*

Georg hatte sich längst an Sybilles eigenen Humor gewöhnt, und es machte ihm auch nichts aus. Er musste unweigerlich an das "Hohelied der Liebe" aus der Bibel denken, das er einstmals gelernt hatte, in welchem es am Schluss heißt:

"...sie verträgt alles, sie glaubet alles, sie hoffet alles, sie duldet alles."

Und genau das lebte Georg. So war nun einmal seine Liebe zu Sybille.

"Gut!" sagte Georg, *"Dann werde ich Franz dahin gehend instruieren, und wir werden Peter an seinem Geburtstag ein unvergessliches Erlebnis bescheren!"*

"Das wird ihn sicherlich sehr freuen!" sagte Sybille, *"aber wir werden ihm vorher nichts sagen!"*

Und dann schloss sie die Besprechung mit den Worten ab: *"Herr Ober, bringen Sie uns bitte zwei Cognac!"*

Am Tag von Peters Geburtstag war herrliches Wetter; perfekt für eine Fahrt mit der Eisenbahn.

"Wo fahren wir denn hin?" fragte Peter, als er mit den drei liebsten Menschen, die es auf der Welt gab, im Auto saß.

"Ins kunsthistorische Museum!" sagte Sybille, und löste damit bei Peter nur einen äußerst verhaltenen Begeisterungssturm aus.

"Freust du dich schon?" legte die Großmutter nach, und Peter antwortete brav mit „JA", was jedoch nicht so ganz der Wahrheit entsprach.

Georg fuhr Sybille in die Parade, was ihm einen strafenden Blick Sybilles einbrachte, ihm aber egal war. Es war ihm unverständlich, wie man seinem Enkel, noch dazu an dessen Geburtstag, den Tag so vermiesen konnte.

"Die Großmutter macht nur Spaß, Peter!" sagte Georg, der wusste, wie sehr Sybille dieses Wort

hasste. Sie zog es vor „Omi" genannt zu werden. Am liebsten wäre ihr noch gewesen, wenn Peter sie mit ihrem Vornamen angesprochen hätte, aber dagegen verwehrte sich Bettina.

"Ach so", sagte Peter, und die Erleichterung stand ihm ins Gesicht geschrieben. *"Und wo fahren wir wirklich hin?"*

"Lass dich überraschen!" sagte Bettina und strich ihrem Liebling über das Haar. Ihre Mutter indes belegte sie mit einem vorwurfsvollen Blick, als wolle sie sagen: *"War das wirklich nötig?"*

Als sie zum Bahnhof einbogen, und Peter die Dampflok mit ihren geschmückten Waggons sah, schlug sein Herz bis weit hinauf zum Hals.

"Eine alte Eisenbahn!" rief er laut und zeigte mit dem Finger in ihre Richtung, damit ja alle sehen konnten, was er gerade entdeckt hatte.

Und als sie ausgestiegen waren und auf die Waggons zugingen, kam ihnen Franz, der Freund von Georg, schon entgegen.

Georg stellte den Freund vor, und Franz begrüßte Peter mit den Worten:

"Du bist also heute unser Ehrengast. Ich heiße dich, lieber Peter, im Namen der „Schienenputzer" herzlich willkommen und gratuliere dir zu deinem Geburtstag!"

Dann nahm er den Jubilar bei der Hand und führte ihn bis zum ersten Waggon, gleich hinter der Lok.

"Kannst du lesen, was da steht?" fragte ihn Franz.

Und dann sah Peter das Schild, welches hinter einer der Scheiben angebracht war. Auf dem Schild stand in großen Buchstaben zu lesen:

"PETERS GEBURTSTAGS - SONDERFAHRT"

"Schaut einmal!" rief er laut, und seine Stimme überschlug sich beinahe. *"Da steht meine Name!"*

Bettina und Omi Sybille lächelten vor lauter Glück, und ihr dankbarer Blick wanderte hin zu Georg, der ihrem Liebling eine unbeschreibliche Freude bereitet hatte.

"Steigen wir jetzt da ein?" fragte Peter, indem er auf den Waggon mit dem tollen Schild deutete.

"Die Erwachsenen schon", sagte Franz, *"aber du nicht!"*

Peter schaute den Mann mit Schnauzbart ganz traurig an und fragte kleinlaut: *"Und warum nicht?"*

"Ganz einfach!" antwortete Franz, *"weil der Lokführer nicht im Waggon fährt, sondern auf der Lok!"*

Mit diesen Worten holte er eine alte, speckige Lederkappe mit schwarz-glänzendem Schild, Kokarde und Flügelrad hervor, und setzte sie Peter mit den Worten auf:

"So, mein Junge! Jetzt siehst du aus wie ein echter Lokomotivführer!"

Bei dieser alten Kopfbedeckung handelte es sich um die Kappe von Georg. Er hatte sie bei einem Schneider enger machen lassen und sie dann Franz gegeben, als sich die beiden - Tage zuvor - getroffen hatten.

Georg holte noch eine Motorradbrille aus der Tasche und gab sie Peter.

"Die brauchst du auch, damit dir kein Ruß in die Augen fliegt!"

Peters Freude war grenzenlos. Er umarmte Opa Georg und seinen Freund Franz, und am liebsten hätte er wohl die ganze Welt umarmt.

"Einsteigen! Bitte, alles einsteigen! Der Sonderzug „Peters Geburtstag" fährt in wenigen Minuten ab!"

Es war die Stimme des Herrn Zugführers, das ist der Mann mit der roten Mütze und der Kelle, welcher den Reisenden die zeitnahe Abfahrt des Zuges verkündete.

Franz half Peter auf die Lok zu steigen, die Türen wurden geschlossen, der schrille Pfiff des Herrn Zugführers ertönte, und dann ging es los.

Georgs Freund hatte wirklich an alles gedacht. Der Herr Zugführer, von Franz ins Bild gesetzt, ging durch die Waggons und bat die mitfahrenden Freunde der Eisenbahn bei dem zu intonierenden Geburtstagsständchen kräftig mitzusingen.

Danach ging er zurück in den ersten Waggon, wo Peters Familie saß und gab dem Akkordeonspieler, ebenfalls ein Mitglied der „Schienenputzer", das verabredete Zeichen.

Und dann erklang aus vielen Kehlen:

"Zum Geburtstag viel Glück, zum Geburtstag viel Glück, zum Geburtstag, lieber Peter, zum Geburtstag viel Glück!"

Und obwohl die alte Dame fauchte und schnaufte, war der Gesang für den Lokomotivführer Peter nicht zu überhören.

Peter, dessen Gesicht Ruß-verschmiert war - ein Werk des Kollegen Lokführer Franz - strahlte wie ein frisch lackiertes Schaukelpferd, und er war glücklich, wie wohl noch nie zuvor in seinem ganzen Leben.

Als der Zug wieder an seinem Heimatbahnhof angekommen war, wartete eine weitere Überraschung auf Peter. Ein schmaler Biertisch wurde in den Waggon gebracht und zwischen die Bänke gestellt.

Eine junge Frau, es war die Tochter von Franz, breitete ein weißes Tischtuch auf, stellte Teller und Tassen darauf, dazu ein paar Kerzen und Blumen.

Dann brachte sie Kaffee, Tee und Saft. Und am Schluss stellte sie eine große Geburtstagstorte mitten auf den Tisch.

Die anderen Fahrgäste waren schon alle gegangen. Peter, Franz, der Heizer, der Zugführer und zwei weitere Mitglieder der „Schienenputzer" waren in den ersten Waggon dazu gestiegen und komplettierten die Geburtstagstafel.

"Mein lieber Kollege Peter!" begann nun Franz seine kleine Rede, und er hielt dabei ein großes Blatt Papier in seinen Händen. *"Du hast heute mit großer Bravour diesen Zug gefahren, und damit die Anerkennung aller verdient. Ich darf dir im Namen der „Schienenputzer" diese Urkunde überreichen, die dich immer an diesen ganz besonderen Tag erinnern soll!"*

Damit überreichte Franz an seinen jungen Kollegen das kostbare Dokument, auf welchem - schwarz auf weiß - geschrieben stand:

Diplom für
Peter Weiland
Lokführer der
Schienenputzer

Diese Verleihung war die Sahnehaube auf Peters Geburtstagstorte, welche nur kurze Zeit später in den Mägen der anwesenden Gäste verschwunden war.

Georg war spätestens nach dieser Aktion ein festes Mitglied der Familie. Man traf sich jetzt auch ohne einen besonderen Anlass, und alle waren glücklich.

Die Zeit bis Weihnachten verlief ohne nennenswerte Höhepunkte und der „Jour fixe" wurde regelmäßig abgehalten. Das blieb auch so bis Anfang Dezember.

Es war an einem Freitag, einem der letzten „Jour fixe" im alten Jahr, und es war der Todestag des „Bischofs von Myra", besser bekannt als „Heiliger Nikolaus".

"Ich habe ein Geschenk für dich!" sagte Sybille und überreichte Georg einen Umschlag. Georg öffnete ihn und entnahm den Prospekt eines renommierten Hotels in den Bergen.

"Das ist mir jetzt sehr peinlich", sagte Georg, *"ich dachte, wir schenken uns nichts!"*

"Ja schon", sagte Sybille, *"betrachte es als kleines Dankeschön, dass du unserem gemeinsamen Enkel so unendlich viel Lebensfreude schenkst!"*

Georg war überrascht ob der Formulierung des „gemeinsamen Enkels"; aber noch viel mehr über das großzügige Geschenk.

Als er den Prospekt näher anschauen wollte, fiel ein gefaltetes Blatt Papier heraus, auf welchem geschrieben stand:

"Buchungsbestätigung für den Aufenthalt in unserem Haus für 2 Personen, gültig vom 25. Dezember bis 07. Januar."

Georg war total überrascht. Was hatte die Frau dazu bewogen das zu tun, und warum hatte sie ihn vorher nicht gefragt.

"Da steht gar nichts, welches Zimmer oder so", sagte Georg, noch immer verwirrt.

"Zwei Einzelzimmer natürlich. Nebeneinander, mit einer Verbindungstür. Ich hoffe doch, dass es dir recht ist!" sagte Sybille in einer leicht ironischen Art.

"Ja, ja!" antwortete ein völlig überrumpelter Georg.

"Ich muss dir noch etwas sagen!"

Sybilles Ton war ernsthaft geworden.

"In diesem Hotel habe ich um diese Zeit immer Urlaub mit Hans gemacht. Ich könnte mir vorstellen, dass es dir vielleicht unangenehm ist. In diesem Fall würde ich die Buchung stornieren, und wir suchen gemeinsam etwas anderes aus!"

Georg sah Sybille an. *"Was ist das denn für eine Nummer?"* fragte er sich. *"Diese Frau fragt mich jetzt, ob es mir unangenehm sein könnte, mit ihr in dieses Hotel zu fahren? Warum hat sie mich das nicht vorher gefragt?"*

Als ob Sybille Georgs Gedanken gelesen hätte, sagte sie:

"Ich weiß, ich hätte dich vielleicht vorher fragen sollen. Aber dann wäre es ja keine Überraschung mehr gewesen!"

Und dann nahm sie den restlichen Wind aus Georgs Segel, indem sie sagte:

"Und wie gesagt, ich kann die Buchung ja stornieren, wenn dich das stört!"

"Sie hat wieder einmal gewonnen", dachte Georg und antwortete:

"Aber nicht doch, meine Liebe! Das ist überhaupt kein Problem! Ich freue mich schon darauf. Und vielen Dank für dein wunderbares Geschenk!"

"Das habe ich mir gedacht! Du wirst sehen, es wird dir dort sehr gefallen!"

Und somit war das Thema erledigt, und die beiden wandten sich wieder Glühwein und Keksen zu, um den Todestag des Bischofs zu feiern.

Am Abend feierten sie dann weiter, zusammen mit Peter und Bettina. Bei dieser Gelegenheit teilte Sybille ihrer Tochter sogleich die frohe Botschaft des gemeinsamen Urlaubs mit.

Bettina freute sich, und Peter war traurig, als ihm gesagt wurde, dass er nicht mitfahren dürfte.

Der Heilige Abend war für Georg ganz besonderes berührend. Die vielen zurückliegenden Weihnachtsfeste waren keine schöne Zeit für ihn gewesen.

Als er mit seiner neuen Familie vor dem hell erleuchteten Weihnachtsbaum stand und mit ihr „Stille Nacht, heilige Nacht" sang, rannen ihm die Tränen übers Gesicht.

Das letzte Mal, dass er geweint hatte, war bei der Beerdigung seiner Mutter, der er aus einer sicheren Entfernung beiwohnte. Er tat dies, um nicht den Vater zu provozieren, der ihn wahrscheinlich vom Grab weg gejagt hätte.

Heute waren es Tränen der Freude, und sie spülten ihm den Staub der Vergangenheit von der Seele.

Peter packte seine Geschenke aus, und die Tatsache, dass in diesem Jahr kein Geschenk von seinem Vater unter dem Baum lag, störte ihn nicht im Geringsten.

Die Geschenke, die er die Jahre davor vorfand, waren in Wirklichkeit nicht von seinem Vater. Die hatte Bettina besorgt und als seine Geschenke ausgegeben.

In diesem Jahr verzichtete sie darauf, in der festen Überzeugung das Richtige zu tun. Und sie war sehr froh darüber, als sie feststellte, dass es so war.

Am nächsten Morgen brachen Sybille und Georg zu ihrem Kurzurlaub auf und auf Georg wartete bereits eine riesengroße Überraschung...

"Bist du Schifahrer?"

Mit dieser Frage unterbrach Sybille das Schweigen, welches die Autofahrt lange Zeit begleitete.

"Nein", antwortete Georg, *"das war nie mein Ding! Auch die Berge nicht. Mich hat es immer zum Wasser gezogen!"*

"Wie Hans!" sagte Sybille. *"Er war auch die treibende Kraft beim Kauf unseres Häuschens am See!"*

"Und du?" fragte Georg. *"Warst du denn eine Wintersportlerin?"*

"Ja schon; bis vor meiner Heirat. Dann habe ich es aufgegeben. Später bin ich dann nur noch Schlitten gefahren; mit meinen Mitarbeitern!"

Sybille lachte, als sie das sagte, und Georg fiel mit ein. Sie schaffte es immer wieder Georg zum Lachen zu bringen. Das war eines der Dinge, die er an Sybille so schätzte.

Was ihre Spontanität betraf, die bisweilen von einer Sprunghaftigkeit überschattet wurde, so hatte er sich schon daran gewöhnt.

"Und wieso seid ihr dann im Winter in dieses Hotel gefahren?" fragte Georg weiter.

"Das taten wir auf Empfehlung unseres Hausarztes, weil er für Hans die reine Bergluft als heilsam fand. Aber am Ende hat auch sie nicht helfen können."

Den Rest der Fahrt legten die beiden überwiegend schweigend zurück. Und dann waren sie da. Die Wirklichkeit übertraf noch die Darstellung aus dem Prospekt. Ein mondänes und imponierendes Gebäude blickte den Ankömmlingen entgegen.

Das Gepäck wurde von fleißigen Händen in die Lounge getragen und ein junger Mann fuhr das Auto von Sybille in die Garage.

An der Rezeption angekommen, sagte Sybille zu der jungen Rezeptionistin:

"Für uns liegt eine Reservierung vor: Dr. Georg Behr und Gattin!"

Noch bevor die junge Frau in ihrem Computer nachsehen konnte, kam ein älterer Mann hinzu und sagte zu seiner Kollegin: *"Das mache ich!"*

Dann strahle er Sybille an und sagte:

"Liebe, gnädige Frau! Was für eine große Freude Sie begrüßen zu dürfen!"

"Herr Wagner!" sagte Sybille, und streckte dem Mann hinter dem Tresen die Hand hin, *"Sie gibt es ja noch immer!"*

"Ja, gnädige Frau", sagte der Chefportier, Herr Wagner, *"mich gibt es immer noch!"*

"Das ist mein Gatte, Herr Dr. Behr!" stellte Sybille den völlig versteinerten Georg vor und zu Georg: *"Das ist die gute Seele des Hauses, Herr Wagner!"*

"Angenehm, Herr Doktor!" sagte die gute Seele und wandte sich mit einem breiten Grinsen wieder Sybille zu.

"Ich freue mich aufrichtig, dass Sie - nach Ihrem herben Verlust - wieder ins Leben zurück gefunden haben, und dass Sie das wohl mit der Hilfe des sympathischen Herrn Doktor geschafft haben; wenn ich das so salopp sagen darf!"

"Jetzt werde ich gleich ohnmächtig", dachte sich Georg, *"oder ich wache schweißgebadet aus diesem Albtraum auf. Da läuft gerade ein Film ab, den ich nicht kenne; aber in dem ich eine der Hauptrollen spiele!"*

"Ja, mein lieber Herr Wagner", sagte Sybille, *"dieser Mann hat mich errettet und wieder ins Leben zurück gebracht!"*

Georg lagen tausend Worte auf der Zunge, er war nicht imstande auch nur eines davon auszusprechen.

"Wir haben für Sie die Suite von früher hergerichtet, und ich hoffe, Sie werden sich wohlfühlen!"

"Ich muss hier raus!" pochte es in Georgs Kopf; aber bevor er noch seinen Wunsch ausführen konnte, hatte ihn Sybille am Ärmel genommen, um ihn in Richtung Aufzug zu bugsieren.

"Bist du völlig übergeschnappt!" fauchte er Sybille an, als sie sich auf dem Weg nach oben befanden. Der Liftboy starrte regungslos gegen die Wand und hoffte, dass die Fahrt bald zu Ende wäre.

"Nicht in diesem Ton, mein Herr!" fauchte Sybille zurück. Und damit begann der erste Ehestreit des Ehepaares Behr, das in Wirklichkeit gar keines war.

Der Liftboy öffnete die Tür des Aufzugs mit einem höflichen „bitte sehr" und wartete erst gar nicht auf sein Trinkgeld. Er war heilfroh, als er wieder hinter geschlossener Aufzugstür die Fahrt nach unten antrat.

Sybille und Georg betraten die Suite. Sie war wie immer liebevoll hergerichtet. Eine Schale mit frischem Obst, ein wunderschöner Blumenstrauß und eine Flasche Champagner hießen die Gäste willkommen.

"Was hältst du von einem entspannenden Bad im Pool?" fragte Sybille, und sie tat so, als hätte der kleine verbale Zwist gerade eben im Aufzug nicht stattgefunden.

"Wir haben nämlich einen Whirlpool in unserer Suite!" fuhr sie fort, ohne die Antwort von Georg abzuwarten. Sie ließ Wasser in den Pool ein, entkleidete sich und stieg hinein.

"Bring bitte zwei Gläser Champagner mit, wenn du kommst!" rief sie zu Georg ins Zimmer hinein und gab sich dem Vergnügen sprudelnden Wassers hin.

Georg war erschlagen. Was er in den letzten Minuten erlebt hatte, war mehr, als er in seinem ganzen Leben davor erlebt hatte. Zumindest empfand er es so gerade eben.

Er kam sich vor wie ein kleiner Junge, dem man sagen musste, was er zu tun und zu lassen hatte. Die ganze Sache mit der Suite, dem Ehepaar Behr und dem Gesülze des Herrn Chefportiers überforderten ihn gerade maßlos.

Er musste an das Gedicht "Das Riesenspielzeug" von Adelbert von Chamisso denken, in welchem ein Burgfräulein einen armen Bauer als Spielzeug nehmen will, was ihr der Vater aber untersagt.

Georg zog wie in Trance seine Kleider aus. Seine Unterhose hatte er anbehalten, als er zu Sybille ging, sich vor dem Whirlpool aufbaute und mit fester Stimme sagte: *"Ich bin nicht dein Riesenspielzeug!"*

Sybille schaute einen Moment lang auf den Herrn in Unterhose, der in jeder Hand ein Glas Champagner haltend, ein feuriges Statement abgegeben hatte.

Dann brach sie in ein herzliches Lachen aus, und mit Blick auf die Unterhose sagte sie:

"Zieh dieses schreckliche Teil aus und steige in die Wanne!"

Jetzt musste auch Georg lachen. Der Anblick war ja wirklich zum Schießen. Seine Sybille hatte es wieder einmal geschafft seinen Widerstand zu brechen.

Er stieg in die Wanne und ließ seinen Körper von tanzenden Wasserperlen massieren. Es war das erste Mal, dass er dieses wohltuende Vergnügen genießen durfte, und es gefiel ihm sehr.

Was er jedoch noch viel mehr genoss, war die Tatsache, dass sich gerade ein Wunsch zu erfüllen schien, an dessen Verwirklichung er schon nicht mehr geglaubt hatte.

Sybille stieß mit Georg an und sagte:

"Ich wünsche mir, dass du mich jetzt küsst!"

Georg kam dieser Aufforderung, denn es war schon mehr als ein Wunsch, gerne nach. Er küsste Sybille lang und innig, und er fühlte, wie sich eine starke Erregung in der unteren Körperhälfte aufbaute.

Sybille, die das wohl bemerkt hatte, sagte:

"Sachte, sachte, mein Herr! Eines nach dem anderen!"

Und dann: *"Wie findest du den Namen „Sybille Behr", also rein phonetisch?"*

Georg vernahm ein heftiges Rauschen in seinen Ohren.

"Gefällt mir", sagte er wie ferngelenkt, *"gefällt mir sehr!"*

"Oder gefällt dir „Georg Reinmuth" besser?"

Sybille schaute in das blutleere Gesicht ihres Wannengenossen. Ihr war aufgefallen, dass sich die gewisse Körperwölbung wieder zurückgezogen hatte.

"Ist dir nicht gut?" fragte sie Georg scheinheilig, dem gerade alle Felle davon zu schwimmen drohten.

"Doch, doch!" stammelte Georg, *"mir ist nur gerade ein wenig heiß!"*

"Ich werde etwas kaltes Wasser dazugeben!" sagte Sybille in einem fürsorglichen Ton und mit einem adäquaten Gesichtsausdruck.

"Lass nur", sagte Georg, *"es geht schon wieder!"*

"Ich glaube „Sybille Behr-Reinmuth" klingt ebenso bescheuert wie „Sybille Reinmuth-Behr", fuhr Sybille fort, *"meinst du nicht auch?"*

"Das ist mir ganz egal!" flehte Georg. *"Nur höre bitte auf damit!"*

"Dann mach mir doch endlich einen Antrag!" sagte Sybille. *"Oder wie lange soll ich denn noch warten?"*

Georg drohte zu ertrinken. Es drehte sich alles um ihn herum, und er schickte sich an sich einer Ohnmacht hinzugeben.

"Ist das dein Ernst?" fragte er voller Glück, *"willst du mich wirklich heiraten?"*

"Natürlich, du Dummkopf, das musst du doch schon längst bemerkt haben!" antwortete Sybille.

Georg schüttelte ungläubig seinen Kopf.

"Nein!" sagte er, *"habe ich nicht! Aber gewünscht schon seit sehr langer Zeit!"*

"Und warum hast du nie etwas gesagt?" fragte Sybille.

"Weil ich Angst hatte, du würdest „NEIN" sagen!"

"Jetzt habe ich aber genug!" sagte Sybille in scherzhaftem Ton. Und dann fragte sie in aller Ernsthaftigkeit:

"Georg Behr, willst du mich heiraten?"

Und Georg antwortete mit fester Stimme:

"Ja! Tausendmal Ja! Ja, aus tiefstem Herzen!"

Und dann küssten sich beiden mit großer Leidenschaft, und ein gewisser Körperteil begann wieder zu erstarken. Sybille bemerkte es und sagte.

"Raus aus der Wanne und ab ins Bett. Und dann werde ich den kleinen Bären in meine Höhle führen, wo er bis ans ein Lebensende Wohnrecht genießt!"